杨恭如
作品

Kristy
yeung

WORKS

我和 斐济
有个约会

时代出版传媒股份有限公司
北京时代华文书局

图书在版编目（CIP）数据

我和斐济有个约会 / 杨恭如著． -- 北京 ：北京时代华文书局，
2015.2

ISBN 978-7-5699-0019-4

Ⅰ．①我… Ⅱ．①杨… Ⅲ．①随笔—作品集—中
国—当代 Ⅳ．① I267.1

中国版本图书馆 CIP 数据核字（2014）第 294637 号

我和斐济有个约会

著　　者 | 杨恭如

出 版 人 | 田海明　朱智润
选题策划 | 林玉婷　罗　婷
责任编辑 | 曾　丽　罗　婷
责任校对 | 曾　一　王　芬
装帧设计 | 荆棘设计
责任印制 | 刘　银　罗艳平
营销推广 | 魅丽文化

出版发行 | 时代出版传媒股份有限公司 http://www.press-mart.com
　　　　　北京时代华文书局 http://www.bjsdsj.com.cn
　　　　　北京市东城区安定门外大街 136 号皇城国际大厦 A 座 8 楼
　　　　　邮编：100011　电话：010 - 64267120　64267397

印　　刷 | 湖南新华精品印务有限公司
　　　　　（如发现印装质量问题，请与印刷厂联系调换）
开　　本 | 880mm×1230mm　1/32
印　　张 | 8
字　　数 | 220 千字
版　　次 | 2015 年 2 月第 1 版　　2015 年 2 月第 1 次印刷
书　　号 | ISBN 978-7-5699-0019-4

定　　价 | 39.80 元

在这个光鲜亮丽的行业里，有太多的欢乐，也有太多的无奈。这些年里，我辗转多地，随性而走，爱过、恨过、笑过、哭过，终于发现，最难的，其实是坚持跟随自己的内心。

行路漫漫，不忘初心。大概知晓初心的重要，才有了这一次又一次的旅行吧！

目录/CONTENTS

目录/CONTENTS

/ 直到看见世界第一缕阳光 /

2014 年，这是新的一年，我带着全新的开始，来到北京。希望开始一种新的生活，给自己更多的可能。我试着多做些对社会有益之事，希望尽自己之力尽可能多一分影响；我试着拓展自己的演艺之路，希望跳出局限的圈子；我尝试做想做却还没有做过的事情……

这半年来生活多有忙碌、紧张，让我常常将吃饭睡觉的时间混淆，但也让我更加充实而感动。曾经，我也一直在想自己到底想要什么，自己的生活应该在何处，如今我终于明白：生活更多的是走出去，心在何处实际上更为重要。跟随自己的内心走，你会发现，不知不觉中，面容上都是甜甜的微笑。

北京，一个千变万化的城市。在这里，充满了无限的可能，连空气中都蕴藏着梦想的味道。

　　我不知道自己是否和奋斗的人们一样还在追寻着自己的梦想，我只知道这些是我想要的，这些是我现在要做的。

　　忙碌的时候忙碌，休憩的时候休憩。

　　一天，突然想到朋友多次推荐的斐济。查了下近期的工作安排后，我对身边的人说道："我们去斐济吧。"

在我看来旅行就像一种意义非凡的行走文化，所谓文化，既凝结在物质之中又游离于物质之外。通过行走，去感知、去理解另一种文化。历史、地理、风土人情、传统习俗、生活方式、文学艺术、行为规范、思维方式、价值观念都是其体现，看不见又看得见，摸不到又能轻易感受到，这些总是伴随在我们身边，以自己独特的魅力无限张扬在空气中，令我们无法失去它们而生存。

近年来，我越发觉得旅行的诱惑如罂粟，加之自小习惯于中西方文化间的辗转，更是给异邦文化情结加上了一点强迫性的喜爱。不仅是到处走走，更是体验与探知。

我很开心自己对每一次的出行仍然可以保持着新奇与发现的心态——同样的地方不同的发现，不同的地方同样的探知。一方水土养一方人，斐济文化更是渗透在和斐济相关的一切之中。

从见到斐济航空那一刻起，我们的旅行也就正式开始了。

一般来说，不同的航空公司都有自己的特色，大多数体现在其食物与服务上。

斐济航空就别有一番风味，空乘人员绝对是其一道亮丽的风景。这种美，不是所谓统一的身高、标准的身材和精致的面容，这种美，是一种自然而真诚的美。斐济航空上的空乘人员大抵是我见到过最胖的空乘人员了，几乎每个人都是胖胖的，却完全不显得违和，似乎一切本来就应该是这样的。

胖胖的姑娘们从打开舱门那一刻起脸上便挂着甜美的笑容，有一种不符合这个气氛的可爱。一句热情的"bula"似有神奇的魔力，瞬间拉近彼此之间的距离，让人倍感亲切。

斐济的女人似乎尤其喜欢花，我总能在客舱里看到不同的空乘人员侧头时微微露出别在耳边发髻上的花，有的别在左边，有的别在右边。后来我才知道，这其实是一种习俗。在这个美好热情的国家，女人都会在头上别一朵鲜花。左边代表活力四射的未婚姑娘，右边代表风韵犹存的已婚少妇。这样美好的暗示，让人不得不去猜想每一个女孩背后那一段各自美好的相遇、相知与相伴的故事了。

整个斐济机舱里其实不难见到诸如此类的花。据说，斐济航空的飞机只有两种色调，一种是我这次乘坐的棕色，还有一种是墨绿色的。而机舱内也因不同的航班搭配着不同的花纹图案，如此一看似乎这个岛国并不是由海围成的，而是由花组成的。

海风的"味道"里也能感受到花的香气。

出道时我曾被人比作"花瓶"，一个不知道是褒还是贬的词。我进入这个行业是一个意外，从最初的侥幸慢慢变得小心翼翼，这中间有很长一段时间我都在试图做些什么别的事情去改变别人对我的初定印象，但其实印象是非常难打破的。

后来拯救我的仍然是那份发自内心的执着。我热爱表演，每一部戏都努力去揣摩角色，我想要做到完美，但每个人的标准是不一样的。尽管你自己知道你已经是多么的努力了。后来，角色越来越多，我越来越明白，其实那一颗热忱的心，自己知道就够了，不需要人尽皆知。

"花瓶"本是美好的事物。女人天生爱美，被人称赞美总是不会讨厌的。

我和大多数女人一样，爱花，尤其是玫瑰。爱其时而容光焕发，爱其时而娇艳欲滴，爱其懂得保护自己，爱其美丽与尊贵同在。

女人，即是这样，永远都有美的花朵，也永远都要学会披上有刺的外衣来保护自己。女子相合而为好，女人那么美好，也那么柔弱，总要学会坚强。

在古希腊神话中，玫瑰集爱与美于一身，既是美神的化身，又融入了爱神的血液。现下，提起爱情，玫瑰大抵是跃然在心中的代表之一了。

"爱情"这个词撩动了多少人的心弦呢，我也不例外。

执子之手，与子偕老。幼时总是充满了期待与幻想，现在终于明白，一切随缘，顺其自然。总有一个人在等着你，现下要做的是好好对待自己。

这也就是许多年我依然坚持买玫瑰的原因，有时是粉玫，有时是红玫，一点点色彩，一些些花香，简单的希冀，加持着一点美好的幸福。

斐济是一个神奇的地方，一旦踏足便让人有一种错觉，好似这里的时间瞬间凝固并慢慢开始融化，这里有斐济特有的"斐济时间"，慢慢的、悠悠的，自在的惬意与舒适。

　　"斐济时间"自飞机起飞之后瞬间应验在每个角落，一道飞机餐可以持续供应超过两个小时，充足的时间让我这个空中飞人也好好地感受了一次飞机餐复杂的工序，因为在"斐济时间"里，即使你再三催促空乘人员，她们也只会告诉你慢慢来，去享受时间。

　　我趁这期间一边享受着咖啡香味给味蕾带来的舒适，一边细细看座椅袋里的斐济简章——碧蓝的海水、如雪的沙滩、摇曳的棕榈和漫天的微笑与鲜花。

对这次的行程，我突然充满了期待。

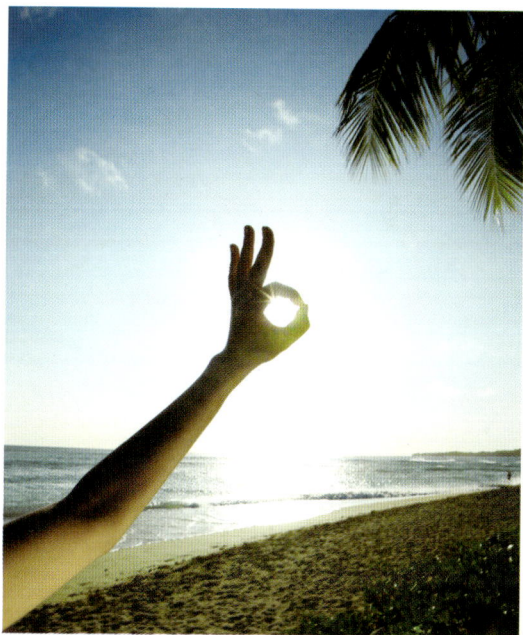

　　我慢慢适应了斐济时间，静静地闭目休养。直
到第二天清晨第一缕阳光洒来，略略侧头，突然发
现原来阳光显映在机窗上竟然是这样一朵纯净的印
度素馨。

　　印度素馨，又名缅栀子、蛋黄花、鸡蛋花、大
季花，这是除了斐济的国花外，在斐济最常看到的
一种花了。皎洁而丰厚，纯净如斐济。

/ 有梦，去远方谈 /

　　"起程""归程"对于很多人来说是完成时的两个词，但对于我来说却是生活中很常见的进行时，"旅行"像是不可分割的生活组成。提到旅行，很多人焦虑的第一个点就是——目的地。其实，起程时是什么目的并不重要，重要的是到达的目的地是什么，这不仅适用于旅行，人生亦如此。

　　我出生在上海，很小的时候就移民加拿大了，在香港参加了选美比赛，现在更多时间是在北京居住，去年一年就去了不丹、日本、韩国、柬埔寨、悉尼、巴厘岛。我就像是某个作家笔下的漂泊者，漂洋过海去到每一个陌生的地方，没有计划说一定要遇见谁，看见什么，就是一种特别任性的随意感。与其说是旅行，不如说是"走在路上"一种没有束缚的自如。

　　我不是一个宿命论者。但是，我相信缘分，我相信人与人之间的特殊磁场，我相信看似偶然的必然。在每次旅行时我们都会遇到一些有缘的人，在很多时候他们都是过客，但某一天因为某一件事再回看之时，你会意识到"他"是多么重要的泗渡……

有一种信仰似曾相识。

我曾在去不丹旅行时遇到了一个小哥，他是我们在当地的导游。一个很羞涩的大男孩，平时都穿着不丹的民族服饰，看着有一种说不出的帅气。

他平时不怎么说话，只是微笑，到了景点却能讲出很多典故，特别是与宗教相关的事物。看得出来他对宗教很虔诚。他跟着我们一起玩了好几天，跑前跑后十分热心。

对他的笑容记忆是最深的，很干净，是发自肺腑的开心，偏偏他又很腼腆，总在无拘无束时还绷着一点点，要笑不敢笑的样子看上去简直就像个孩子，那般单纯、简单。

在临走时，他送给我一件手工纺织品，是他妈妈亲手织的。从那之后，我每次看到类似的手工纺织品，都会想起不丹，想起那位小哥，想起他单纯的笑容——那些笑容好像永远都消逝不了，消失了又会再生，不断提醒着自己要干净、纯粹、简单、淡泊。

其实越繁琐冗杂的生活本身，越会将钝感力不断加强。生活，在很多时候就像扔出去的回力镖，最后还是会回来打中自己。但是现在很多人的"外套"越来越厚，钝感力越发强盛，即便是打回来，能有感觉吗？如果能真正地静下心来，洗掉许多虚妄的欲念，度过的岁月是不会无痕无爱的。

我曾停留过的地方，曾停驻过的时光，很多时候是在放任自己的心于当时当地无任何遮拦地体验着一切，之后也无法管束自己的记忆在那时肆意地生长。因此，记忆都是生命赐予的财富。只是，我们很多时候不会表达爱，羞于表达爱。

我们总是在自我的世界里哭着笑着闹着自说自话，每个人是那么用力地和身边的人发生联系，但同时对方又是那么真切地不知道，就是因为彼此不语。

我希望人与人之间能多沟通，时光不等人，错过便是憾事。对于有些人，会不会再见面似乎不是问题，不知道为什么在这点上我有病似的相信自己的直觉，当然对于我这种直觉向来不准的人来说，可能已经踏上了今生永别的阶段而浑然不觉。所以，我更加珍惜，珍惜身边的、现有的一切。

倾听是一种态度，听人说，听风说。

纵然不能完全理解，我依然喜欢听别人的故事，愿意看到任何美好的、或许没有那么完美的角落，也愿意去试着理解不同的态度、见解。我不知道这算不算另一种职业病——想要听更多的故事，想要看更多不同的文明风情。我常想我坐在那里听着那些话看到的那些状态，每一次都是珍贵的学习机会。

　　很多的假设都是极度不科学的自我催眠，比如你假设你就是世界上的最后一个人，这是你的最后一天，那么你会做什么？按照预期的答案，那就是去做自己真正爱做的事，去向自己真正爱的人吐露心声。而实际上，残酷的事实是，你在生活中无法那样做，无法去那么盲目地做一件事，因为还有很多很多繁杂的细节要去处理。其实不要过分纠结，你会发现一切原本那么简单。

早餐吃了三明治，干干净净，清爽可口。七点二十按时到达机场。轰隆隆的声音及身体的震颤感告诉我们，真的斐济就在我们身边——真真切切的斐济。当我们起身收拾行装准备下机时，空乘人员缓缓过来，带着如常的微笑对我们说："Take it easy, enjoy your Fiji Time."

我突然想，其实这就是要我们慢点的意思，这种表达方式让我们欣然接受。

此刻，忙碌的都市生活似乎都可以消失，剩下的就是我们的时间。斐济，这个度假的国度，没有别的繁复掺杂，有的就是轻慢而不失悠扬的节奏。

斐济初印象，迎面的是欢快的音乐、热情的舞蹈、随风而舞的鲜花。

心动的停留后重新踏出脚步，小 a 带着舞动的韵律将红花递给我——黝黑健康的皮肤，十分可爱，完全没有腼腆，脸上带着真诚的笑容。

这一派小惊喜的欢迎之舞在短暂中令我忘却了迎面扑来的潮湿热气，就连刺眼的阳光现下看来都是这般柔和。

心情依旧有些说不出的小起伏，满溢身心的是放松与释放感。回归，从未踏足却无以表达的回归的感觉。卸下平常内心无处安放的紧张与压力，一切回归原始的自我。一切纯粹的享受，这是属于旅行最初的本质。

其实，斐济机场很小，偏朴素简陋，但是绿色植物非常多，使得人们仍能在环绕的炙热下寻找到一片阴凉，是非常典型的热带岛国的机场。也许是气候炎热、天气潮湿的原因，我总觉得在热带国度中，所有的建筑都偏乎轻装简单，似乎这样就可以随身带走，跟着大海四处漂泊。就好像在斐济，连建筑都有了一种顺其自然的洒脱。

/ 楠迪小镇 /

楠迪是斐济的第二大城市，我曾经在 *Lonely Planet* 上看到过这样的形容，觉得很贴切：楠迪就像永远处在青春期的少年一般追求着身份的认同，不太清楚自己究竟是一座都市、游客集散地，还是商业枢纽。

楠迪确实没有什么非去不可的，但就是这样的普通却是我一直以来最喜欢的真实感。

最真实的，都在最平凡的普通之中，这些地方才是我们真正生活的地方。楠迪镇很小，只有一条不是很长的路，这条道路两旁集中了镇子上几乎所有的商店，所以人们也称这条路为主干道。主干道两旁的商店、餐厅、咖啡馆和旅行社的老板可以依靠往来的游客而过得体面、惬意。

到了酒店我稍微休息了一下，就去吃午餐。

吃是一件令人愉快的事情，愉快在于我可以分享，我热衷于分享，喜欢将美好的事物不留一分的呈现给大家，尤其喜欢看到朋友们因为我的分享而得到满足的样子。

为我做服务的，是当地的年轻小伙，黑黑的面容，高高的个子，脸上是区别于那高大身材的憨厚笑容。他向我推荐了几道当地美食，每上一道菜都细致地介绍它的材料、做法：

"Kokoda 是一道以椰子为容器的开胃冷盘料理。将新鲜鱼肉切片，加入沙拉、新鲜果蔬以及椰奶等佐料，酸酸甜甜，是道极佳的开胃菜。

"Palusami 是一道斐济传统美食，是用芋叶包裹着的咸牛肉、香葱、香蒜和西红柿。

"Miti 的主要原料为椰果肉和鱼虾蟹贝，配以鲜葱、柠檬汁、盐和胡椒粉等，是非常受欢迎的一道菜。"

说完最后一句话时，他礼貌地退后，绅士地示意我可以开始用餐了。

吃完可口的午餐，去路边的一家二手小书店看了一下。虽然都是旧书，但被摆放得很规整，边上还有很多花花绿绿的小画册，画的是各个景点，每个画册上都有几张憨厚热情的笑脸，感觉像是张开了臂膀要拥抱过来。

画册太美，我选得眼花缭乱，反复对比着想要挑选出最合心意的，老板看不过去我的急切，笑着拍拍我的手说着："Take your time（不着急慢慢来）。"

看了会儿书之后，慢慢晃出了这个小洞天，突然想写点什么——就只是写点什么。我习惯将遇见的人、看见的东西、听见的故事记录下来，编写成我自己的记忆。

就像那家书店的老板，他是不是并不知道我偷用了只属于我俩之间的片刻记忆？在非虚构的现实里我是个经历者，但是落笔便是非真实，怎么描摹也描摹不出真实的轮廓。之所以很多人还在用文字，可能就是想记忆什么、缅怀什么吧？就好比一种东西、一个人，你也想用相似的替代品去记起最初的样子。

就像我在香港时领养了一只流浪狗，叫黑妹。黑妹是只全黑的小狗，十分胆小。我刚把它带回家时，它就待在水池根儿那儿，来回打转了好几天才慢慢敢去别的地方。

来北京时，我本想把它带过来，后来得知它过海关会特别麻烦。想了很久，还是放弃了，交给朋友代养。后来在北京又买了一只微型玩具犬，叫呆呆。

呆呆是全白的狗，它喜欢跟着我，靠着我乖乖地躺着，它会尽量给它的小脖子找一个支撑点，让自己躺得更很舒服。这个支撑点，有时是我的胳膊，有时是我的手背，或者是我毛茸茸的拖鞋。它特别喜欢我毛茸茸的拖鞋，有几次我在家里正在做着什么，一抬脚发现它竟然抱在我的拖鞋上，惊了它的好梦我特别不好意思。

有时呆呆晚上睡觉时会醒来，然后发出声响，我被弄醒时就看到它隔着笼子看着我，那种眼神让我有一种很强烈的被需要感。

给予时的快乐是索求时无法企及的，世界这么大，黑夜这么长，看着窗外一幢幢高楼，有的窗口还亮着灯，有的已经暗了，有的暗了又亮起……每个窗口都有一个梦，安静的长夜承载着几十亿人的呼吸声，还有各种各样喧闹的梦境……

WESTWING METER ROOM   1

想着这些时，我正坐在酒店阳台的长椅上。桌面上、椅子的脚边、果盘边缘都摆着朵朵娇嫩的鲜花，有的被穿成小项链、小手链、小脚链，还有的被弄成很小很小的碎块，作为甜点的一种配料。香薰炉内袅袅冒出的雾气带着淡淡花香，应该也是由这些鲜美花朵做成的材料吧。

斐济的国花叫扶桑，是一种常绿灌木，因原产于中国南部，故又名中国蔷薇。

由于花色大多为红色，中国岭南一带将之俗称为大红花，而大红花也是马来西亚国花，即其中一种红色朱槿的称呼。从俗称"大红花"就能看出来它的特性，简单、干净、热情、奔放。所以当地人的性格也分外奔放。

我很喜欢花，家里也一直摆着花，各种各样的。我会将它们摆在窗台边、茶几上。看着花儿一日日膨胀，一点点舒展，一丝丝成熟，是一件需要时间和耐心的事情，但是每天忙碌的工作结束后，看着这些"可人儿"，心情总会更甜一些。

　　除了五颜六色的花朵，我也很喜欢小绿植。我喜欢家里各个角落都有植物的生存地。微风吹进来时，它们会随风轻轻摇摆，我就坐在书房的地毯上，半靠着柔软的大大靠垫，看着植物的倩影投在木质的地板上，斑斑驳驳的影子轻画在深棕色的地面。

这个时候就会特别想去公园晒太阳。不过，这仅仅只是个想法而已。因为更多的时候，我是没有时间坐在那里享受片刻阳光的，我更多的时候是在来回奔波的飞机上，或是在片场默默酝酿情绪中……

　　我放肆地走在每个街角、每个集市，穿着白裙，穿着波西米亚风的拖鞋，时而三步并作两步，时而停歇。我可以乘着热风感受最真实的世界，我也可以坐在石板上看着来往人群发呆。

斐济人看起来分外亲切，具有一种与生俱来的亲切感。

斐济人，汇聚了多个民族，他们保有古老的斐济族，澳大利亚人种美拉尼西亚类型，又有印度的基因。身材高大硕美，皮肤黝黑，头发卷曲而厚密。大多数人都是胖胖的，缓缓地漫步，简单得剩下的都是微笑中溢着的幸福。

Bula 是斐济土著语"你好"，只要你踏上这片土地，这句话就会一直回响在耳边，直到你也习惯对每个迎面而来的人用这个词打招呼。人们会露出两排白白的牙齿，笑容可掬地看着每个人喊 Bula，他们的笑容犹如岛国上的太阳，温暖得可以把人融化。

这里的男人更爱戴花穿裙，他们热情好客，能歌善舞。无论是什么人，只要是第一次来到这个国家做客，斐济人都要以主人的身份为客人举行一种传统的欢迎仪式——为客人表演热情、欢快的当地民族歌舞。"Enjoy the FiJi Time"享受斐济时间，斐济当地很流行的一句话，它无时无刻不提醒你放慢追逐的脚步，享受时光的慵懒，完全沉醉，似乎一切身外之物都可以消散殆尽。

在这里，连空气都在说：请放下，请快乐。

楠迪并不发达，但惬意。

我开着车在小镇上穿行时，不经意间看到了一排草房子式样的建筑，于是停了下来，想走进去看看那里。

我走过去才发现那是一处跳蚤市场，只有几个摊位，卖的东西也都差不多。跳蚤市场旁边就是当地的政府，我还上去看了一下——挺小的，建筑也比较简陋。整幢建筑里，据说还有一部分是属于学校的，原来他们的政府并没有独立的办公楼。

　　我去的时候刚好是下课时间，小孩子们闹哄哄地跑来跑去。他们非常快乐，而这份快乐也影响着周围的人，就连坐在政府办公楼里的工作人员也开心地从半透明的门窗里探出了脑袋，那是一个卷头发的女士。她正好看到我，朝我一点头，我也以微笑回应，好像我们是多年的好友，那么熟悉和亲切。

　　小孩们走得差不多了，小楼安静了下来，我只好又回到了跳蚤市场，静下心来慢慢看这些售卖的物件。里面大多是手工编织的小扇子、小包、装饰物之类，还有印染的各种花纹的布匹，也有小吉他之类和音乐有关的乐器。我能感觉得出来斐济人特别喜欢音乐，也很喜欢唱歌，他们是一个能歌善舞的民族。

因为斐济人的民族文化，很多的物件都增添了一分神秘的图腾色彩。布料上繁密的花纹像是暗藏心事的老年人，通过这些隐秘的线条来吐露最原始的民族传统。手工编织的沙滩帽上，用贝壳、海螺、色彩缤纷的草条做装饰，戴在头上，心情不知不觉便愉悦起来。

在小摊间穿梭时，店主特别热情，他们会询问你来自哪里。我经常会被误认为是日本人，后来经过当地人讲解才知道，原来早前很多日本人来斐济旅行，现在从香港到达斐济的这条航线，在之前是从日本到斐济的。开通香港航线后，日本人来斐济相对来说少了很多，反倒是中国人越来越多。而且，近几年来有很多中国人移民到斐济。

日本人在斐济的时候，修建了很多条公路，然后将他们的车卖到这里。我在斐济的马路上就见到了很多的日本车，这些车都是以很低廉的价格卖给当地人的，因此，很多斐济家庭都有两三辆车。

坐在车里沿着马路穿行，可以见到很多斐济当地人的住所。他们的住所很明显地分为两类，这也是跟最实际的财富度有关。

一类是贫穷一点的家庭，他们会搭建十分简易的房屋，房屋很通透，是由类似集装箱一样的铁皮围成的，也没有什么防盗措施，平时敞着门，偶尔还会看到躺在地上休息的人。

还有一类就是富裕一点的人家，他们会建造比较大的房屋，有的分好几层，颜色也很明艳，四周用栅栏围住。院子内建有车库，车库内外经常停放着两三辆车子。偶尔路过还能看到院子里种植的花卉，姹紫嫣红，分外鲜艳，缤纷得像一幅画。

街道上有数不清的颜色，他们会将各种建筑物涂上特别明艳的颜色，翠绿、大红、嫩粉、亮黄、蔚蓝……这让人心情愉快，漫步在街头，走着走着脚步不觉越发轻快，空气中似乎弥漫着糖果的香气。

/ 出海吧 /

出海这天，我特地选了一件青花瓷的长裙，配合着天地间的蓝色。

我虽然在加拿大生活了很久，却一直无法理解西方用蓝色来表示忧郁。明明是那么的纯净，像是初来到这个世界的宝宝的眼睛一样，对周遭所有的一切都那么陌生，却拥有着最纯粹的好奇感，剩下的只有无杂的纯净和美好。

我坐着专门供游客搭乘的游艇出海，为了更方便地观海，我和其他游客一样，早早就"霸占"了甲板的位置。站在甲板上迎风的脸庞没有不开心的表情，都是无比的兴奋，带着莫名冲动的回归感。咸咸的海风此刻是我最爱的味道。尽管游艇还贴心地提供了方便快捷的 wifi，但是还有谁愿意用网络消磨时间呢？自然，才是我们需要的。

立在海天之间，任海风吹拂我的长发，感受到无以言说的释放。

其实旅行，一直是我减压的一种方式。在旅途中，前方总是充满太多的未知，等待我去探索。当然，也会有很多新事物融进我的生活，这不仅仅缘于可以吃到没见过的美食、欣赏比画册上美丽百倍的风景，更多的，是可以切身体会当地人特有的一些风俗习惯。就像有些道理，必须切身经历过后，才会明白。有些旅途，是需要勇于尝试的，我坚持：走过，路过，不要错过。

既然去旅行，就要多看点，多了解点。每去一个地方前，我都会先买书来研究一下当地的风情，或是在网上搜一下目的地的介绍。

旅途中，我喜欢在不经意间散落的意象中穿梭，一次次发现新的事物，一点点探索未知的前路。就像是举着火把进入远古的洞穴，慢慢前行着，却为有趣而新奇的下一站着迷。虽然我不能算是一个运动达人，但是我在旅行时脚力十分好，不知道是不是因为自身强烈的探索精神，我总能在行程中充当领队。

斐济的这艘出海游艇配备了五条小船，可以去五个不同的小岛，不同小岛的游客又分别拥有不同颜色的手环。

我分到的是代表 Castaway 小岛的红色手环，Castaway 也是此次岛上行程的最后一站。

上岛后斐济人会一起相围着唱歌欢迎，他们唱着特意为小岛写的歌曲，热情的拥抱每一位客人，一点一点用音乐渗透着客人的内心。斐济人似乎很热衷创造"独特"，每座小岛都有专属的土著歌曲，就连普通的沙滩舞也透着独特的风格。

我喜欢他们这种欢乐又与众不同的生活态度，好像在这里不会有烦恼，就连快乐都充满了惊喜，下一站你无法预知有什么样的惊喜等着你。

这让我想起很多事情，也忘记很多事情，剩下的只有快乐。

我对惊喜的期待就像是在看一部好的影视作品时，在关键情节响起恰到好处的配乐。当然这种恰巧也只能在电影里才能出现，现实是不会有背景音乐的，当你爬上顶楼去看日出时，你可能看到的是雾霾，更加没有独立音乐人的倚门小唱，充斥着的可能是喇叭声建筑声哭声闹声。城市就这样，各式各样的人发生着各自的故事，你的故事在这个城市中心只是微不足道的。但就算是这样，它也吸引着人努力向上，倍感压力也要在这个城市立足。

　　都市里，清晨的马路往往是让人最有压迫感的——像是隔着一张膜，你不知道膜那边的坚硬什么时候会压迫过来。尤其是遇上湿冷的雨天，汽车尾气夹杂着湿气，那种乖戾的感觉尤其令人焦虑。我在很多个天未亮的凌晨就开始工作。这些都是造成压力的催化剂，或者是压力自身的产物。但是，就像身体有了不舒服，要吃些药治疗，精神上的不舒服也要缓解，因而减压是现代人急需的。

　　演员和大多数普通人一样，也有来自四面八方的压力和不如意。大家有各式各样的减压方法，而我一直坚持心态更为重要。任何事物都遵循这一原则，不管是物理上的能量守恒定律，还是现实生活中的得与舍。

　　其实有奇怪属性的人，真是存在角角落落的，不知道什么时候就会逮住一个。谁都有自己的些许怪癖，没有怪癖才奇怪。

我的记性其实很差——这也算是我的"毛病"之一吧，所以常常用拍照记录一些东西便于回忆。说起来，爱回忆这算是我的一个癖好吧。不是单纯地回忆过去，而是去想那些开心事。想起那些事情的时候总会反省，过去你因为什么而开心？现在又因为什么而不快乐？这样一对比起来，今天的不快乐也就释然了。

也是同理，年轻时我们也因为一件小事就兴奋起来，那么现在又为什么不能继续因为它而兴奋呢？要知道，如今的你，已经可以轻而易举完成那个年轻时的你想要做到的事情了。

成长并不是一味地要经历不好的事情。

我希望我是这样生活着的人，在意着从前的小幸福，忘记现在的难过。年轻时的我们没有精力去反省这些事情，很多成长真的是慢慢在之后的生活中，才会去明白认可，同理心真是太重要了。就像"朋友"，什么是"朋友"，如何从茫茫人海中认出自己的"朋友"，如何做别人的"朋友"？

这些都只能经过生活的一个个桥段，一次次事件才会真的明白。朋友的作用很多时候就是，当你处在陌生的地方，坐在陌生的车上，看着窗外陌生的风景，你也不会害怕。因为你会觉得，可能你的朋友也在同样的时间，做着同样的事情，只不过是不同的地点罢了，所以你不会感到孤独。朋友，就是不常联系，但是每次联系的时候，都会是一次有欣喜的往来。

从期待到压力再到朋友，这些看似无关的联系，其实都是生命的完成时状态，想完成但还不到时间，以上的过程你都要一一经历，在实践中得到生活给的启迪，学着怎么在不完美中寻找到触手可及的幸福。

有个电影节策划人曾经跟我讲起她在做的事情。她说，她做了七届的电影节、坚持了七年的电影节，但是一直都不是完成的状态。

前六年，他们在不断完善、不断学习，不叫"做"，叫"完善"。到了第七年，他们已经基本成熟了，才说自己是在"做"，当然他们还在"完善"的道路上一往无前。有些成长，真的是需要数日，数月，甚至是数年，才能明白那一两个字的含义。

Einmal ist keinmal. 是句德国谚语，指的是发生过一次的事情就相当于没有发生过。米兰·昆德拉的解释是，只能活一次，就和根本没有活过一样。

作为演员，是有一种典型的压力的，因为你需要去扮演另一个人，当你以这个人的身份生活了一段很长的时间后，是很难回到正常生活中的。说起来还蛮好笑的，很多时候我会梦到我还是她们中的某一个，我还是那个"她"，又好像只是"她"的一个知己。

刚开始演戏时，这样的事情其实是让我无所适从的，我不知道该如何处理这些事情。怎么说呢？就好像是在处理我和自己的关系，也像是我不小心闯入了别人的世界，我不知道我要如何退出来。这些是困扰我蛮久的问题，但是后来演绎的角色慢慢多了，也就慢慢释怀了……

所以我总说，成长需要时间和经历，压力也相同。随着时间流逝，你的一些痛苦也会逐渐因为适应而消除。

很多时候，压力不是要解除的，因为你解除不掉，只能等时间慢慢冲刷掉。想必很多人都听过这个处理办法，那就是把你现阶段烦恼的事情写在照片背面，过段时间再拿出来看看。那时你会发现竟然都不存在了，不再令你纠结难受了，这是一个矛盾的普遍性原则。很多人会觉得这办法只是皮毛，但确实是宽心的良品。

所以，要说减压，最好的办法就是多点经历。了解这个世界多了，知道的多了，经过各种各样的、不同程度的情绪起伏后，好多情绪都不叫情绪了，当发现规律、循环时，很多的解释、共鸣手段都是小巫见大巫。

    我的"毛病"之二，擅长多想。提到那么多回忆、残像，其实抛开它们伴随着海水的律动，一切似乎又都是云淡风轻般的轻松，面朝大海，很难说出还有什么不能释怀与放下的。走在如雪的沙滩上，看着自己一路走来的脚印，轻松而惬意。

    这是属于斐济的海边，眼前的一切纯粹得只有一种色调，离得最近的小小岛屿是海军蓝，由它自上而下蔓延，孔雀蓝、绿松石蓝、尼罗蓝、岩石蓝、火药蓝……斐济的海将张、弛诠释得十分明显，大多时间只是舔沙滩，潮汐时才会狂拍礁石。

    海风一波接着一波袭来，看到朋友们对冲浪如潮水般的热情，我也很想加入其中，感受大海的洒脱与奔放。然而风景太美，无暇多顾。

白天，待在海边的日子我像大多数游客一样为自己准备了吊床，上午慵懒地晒晒太阳、看看小书，烦闷了就脱了鞋在海边走走，由着海水将满脚的细沙冲刷掉，麻麻痒痒的感觉，格外舒服。

　　天渐渐暗下来，夕阳不知道什么时候悄悄冒出了半个头。蓝色与红橙色的结合拼凑出一张完满的紫色云霞图。我想如果有机会，我要买一座小岛，占岛为王。

躺在吊床上休息时，看着这些葱郁的热带植物，想该是何种缘分令我们在此相遇。不管是植物、动物，还是非生物，我觉得都是有灵性的。

对我来说，生活是需要这些小乐趣的，因为活着就是活着，但存在着却是一个痛苦纠结的命题，人很难达到自己想要的生活。被生活支配的人何其多，但是真正去理解生活，懂得欣赏生活的人还是很少的。这些无关于物质，完完全全是精神状态的自由。当然，你也可以说我感性。

有一天，我从过街天桥上经过，看到好多车，车尾的红灯像无数只鹦鹉鱼，看得我竟然有些想哭。其实我也不知道为什么自己会如此，但是后来想了想，觉得应该是这样的，很多东西走进我心里时乘的是加速电梯，可是出来时只能走悠长悠长的楼梯，简单来说就是：情感丰富。

可能很多事物、人已经走了进来，但是我并无意识，一旦到了某些时刻，比如分离，比如选择，那种浓浓的情谊就会突然显现出来。

对于感性这个词，我一直在苦苦修炼。我对于很多事物的想法，也都是在我大大咧咧的性格后面慢慢滋生。想来是荒凉的，人，作为一种有生命体的物质，穷其一生却只为证实那些了无生气的概念的价值，就像寄生虫一样吸附其上，才有些炫耀的噱头。

我是个典型的摩羯座，比方说对于有些感情的执着就近似于怪异的动物标记性的行为。在每一个剧组拍戏，我都很感谢组里的每一个工作人员。杀青时，我会尽量去找到每个工作人员向他们亲口道谢。

在有一个剧组，最后一天的杀青宴我没有去，我记得见到那位化妆老师的最后一面是，卸完妆，我侧过脸对她说"我先走了"，她说"好的"；见送餐员的最后一面是，我问他"吃了没"，他腼腆地笑了笑说"吃过了"；见副导演的最后一面是，他陷在剧组的那把椅子里困得呼呼大睡，我在心里默默地说了句：再见……

我把告别记得特别清楚，说过的话、做过的事我都能回忆起来。很多时候，告别的时刻是最难受的，尤其是在剧组里，大家经过了一段时间的相处：一起工作、一起吃饭、一起开玩笑，要分别时十分不舍。

有一次我去四川拍戏，一开始吃不惯那里的菜，因为我不能吃辣的。虽然他们已经尽量不点太辣的菜了——以辣著称的地方即使是不辣的菜品，也不会太清淡——但我仍然觉得浓浓的辣味散不开。一个多月下来，我终于慢慢适应了那里的菜，甚至有时还会吃几口辣菜。可是戏也杀青了，看着那位一开始发愁我被辣味呛到，到后来慢慢给我加微辣的送饭师傅，我心里说不清楚是什么滋味……

对于很多人来说，告别这件事，是一件很常见也很重要的事情。因为，过程中的所有泥泞小路、枝枝权权，最终指向的是不知何时再相见。

有一次听到一个女孩子谈自己的感情，她说："我跟你说啊，你可千万别笑，我真的坚信我们最终会走在一起，就这样沿着路走下去……"

我其实不觉得好笑，我只是觉得稚嫩，因为经历了很多之后，就会有分离的心理准备。并不是我想要分离，只不过这是一件在有些时段谁都不可阻止的事情。

在不同的阶段，我想要拥有不同的品质，这和小时候所谓的梦想不太一样，但却是同样的性质，只不过是更符合瞬息万变的现实。

不同年龄层的人虽然活在同一个次元中，却在不同"世界"中。每个人都有自己的故事和经历，因为它们，每个人都会造就不同的世界。而这些都是造成分别的可能性。

我常出去走动，就算没有出行，闲暇时也会去爬山，对这种生活一直自得其乐。我一直一个人往前走，越走越荒凉，倒不是因为身边的人少了，只是因为你发现很多事情，不再是你想的那样独一无二。时间久了，跟朋友见面的时间就很少了，可能上次还说着"下次一起去一家很不错的餐厅"，到了下次见面，却是一年后，或者是不知道几年后……

所以，我总是很珍惜和当地朋友的缘分，大家能聚在一起不容易，不管在一起做什么我都会很用心，比如，我喜欢拍照、录小视频和朋友们分享。我觉得这些精彩瞬间和片段只有记录下来，才会让我的回忆有真实感。

盛装着各种鲜美海味的大盘子上方，杯子清脆的撞击声，裹挟着大家轻松的笑声。

斐济人邀请我品尝当地的美食洛佛，这是他们的大餐。先将洗净的芋头、木薯、山药、海鲜、鸡肉、龟肉等用椰叶包裹好，然后在地炉里填入事先烧热的石板，再把椰叶包裹好的食物放在石板上，最后盖上椰叶烧烤。

洛佛煮熟后，大家坐在竹席上以手抓食。食材鲜嫩多汁，清淡爽口，香味扑鼻，尝一口，齿颊留香，令人回味无穷。

斐济人的饭桌上还少不了一种饮品——雅格纳，又名卡哇酒，是斐济最为出名的传统饮料，也是斐济大小庆典中不可或缺的圣水，据说有美容养颜、提神醒脑、缓解压力等功效。雅格纳以薄荷根为主要原料，因此喝起来舌头会有一种酥麻感。

特殊的口感让大家想要吹吹风了，夹杂着水果香气的热带微风就那么羞涩地、不经意地撞了上来，我们一行人大大咧咧地在沙滩上狂欢。很快寂静的暗色铺满天空，我们一起躺下来数星星。湛蓝的夜空星星很满很亮，世界是广阔的，可能性是无限的，就像所有无畏的年轻人一样，以为自己可以跨越无限，因为有的是时间和精力；以为只要充分发挥主观能动性，人这个本体就可能改变很多；以为……其实后来才能明白这些都只是"自以为"，囿于自己大脑的一些痴想……

我对于海洋更多的是持一种远观的心态，我很喜欢它呈现出来的氛围。人都是活在某种气场中的，由于这种氛围而分泌出一定的心情因素。

斐济的海水特别清澈，在有些海域能看到近似透明色的小鱼。扯一方长巾，兜起海风，可以捕捉迎面而来的海洋香味。我是个很喜欢海洋的人，因为无拘无束，因为天马行空。

我的职业是需要有创造力和想象力的，所以，经常在准备一个新的作品之前，我都会让自己彻底放松一次，腾空自己，去想象一些平时不会思考的问题。只有自己是"空"的，才能容纳、承载那个原本不属于我的"我"。

无论是海洋还是河流，或是人工湖，水都能给我这种肆意的感觉。水本身就是流淌四方、自由徜徉的。来到斐济，这种感觉更加强烈，因为任何东西都和水有关，海洋的气息在各处都能感觉得到。所以，这次来斐济放松，我自认也是一次不错的选择。

海洋文明已经足够吸引我了，这里却有另一种说法更加吸引着我：斐济的水是世界上最纯净的水。

有个事情不得不提，FIJI Water（斐济水）公司已把大写的斐济国名"FIJI"在多个国家抢注成商标。而斐济水的售价也已达到普通瓶装水的三倍，不过听说白宫里放着不少，因为他们的总统奥巴马很喜欢这个味道。

很多明星和潮人也当它是心头好。各大娱乐杂志和热播美剧中经常能看到斐济罐装水。R&B 歌手不喝斐济水就不唱歌，邦女郎丹妮丝·理查兹带孩子出门也揣着斐济水。

明星大厨松久信幸说："每一片龙虾刺身，都该在斐济水里浸泡七至十次。"

"斐济在经济发展上，并没有太多选择。你买了一瓶斐济水，也是为当地繁荣出力。"斐济水的一位前高管如是说。

　　虽然很多刺激性的海上运动我不玩，但是面对斐济的海水，我还是忍不住跳进去放肆了一把！脱了鞋在海水里像个孩子一样奔跑，一个大浪翻过来，海水漫过脚踝，海浪还不停歇，有一下没一下地拍打着脚背，凉凉的冲击感。我深爱大海那种辽阔的感觉，无论你怎么肆意，它也能包容。在海边玩累了可以选一个新鲜椰子，一个只需五斐济币，敲开后十分香甜。

Tavarua 岛的周围被珊瑚礁所包围，它的美丽不单纯表现在风景上，更体现在它的形状上——心形的。

/博物馆物语 /

斐济的博物馆是我见过最"可爱"的博物馆，它没有想象中那样庄严凝重的浓墨色彩，却有着清雅的淡绿色，被葱郁的热带植物围绕。在绿色后藏在一间若隐若现的小小房子，进去后内容却很丰富。

斐济的历史远比我所知道的更悠久，听工作人员介绍才得知，从3500多年前的石器，到英联邦时期用的来复枪、牛皮封面的《圣经》都讲述着斐济的历史。

传说最早迁徙到斐济的是美拉尼西亚人，聪明的美拉尼西亚人发现了这块宝地。后来波利尼西亚人也来到斐济定居。

1643 年荷兰航海者阿贝尔·塔斯曼航行至此，他是最先发现斐济的欧洲人 (亦有西班牙航海者在塔斯曼前来到斐济之说)。

1774 年英国探险者库克发现了斐济周围的一些岛屿。

1840 年美国远征探险队司令威尔克斯航行到斐济。

19 世纪，商人、卫理公会教徒、传教士陆续来到斐济定居。

斐济历史上有一位伟大的酋长，卡考鲍。1871 年卡考鲍控制了斐济大部分地区，结束了各种各样的部族冲突。他在邻国汤加的国王图普一世的帮助下，一度维护了斐济的和平。

再到后来，英国来到了斐济，并统治了斐济很长一段时间，直到 1970 年 10 月 10 日它成为英联邦中的一个独立国家。

1997 年 9 月 30 日，斐济恢复英联邦成员资格。又过了一年，斐济人实施了新宪法，改国名为"斐济群岛共和国"。正式成为了独立国家。

　　我来到博物馆时已经是下午，天气有些微热，但庆幸的是，不用排队，斐济的公共设施做的很好，非常人性化。展厅中摆放着许多保护得很好的斐济战时留下的历史文物，像是硬木凿子、勺子等文物都带有斐济古老的"食人"的历史痕迹。传说贝克牧师就是被土著吃掉的。

　　这是斐济百年来流传最广的故事，主人公贝克牧师当年用过的《圣经》、梳子和残存的靴子，至今仍被博物馆保存着，供后人参观。我想也只有这种原始的、自然的小岛，才会如此坦诚地展现自己的一切。

如果一楼的展厅象征着斐济古老的历史悲剧，那么楼上的展厅便是斐济人信奉、向往，代表着希望的福地了。这里，就是斐济渐渐走出阴霾迎接新时代的开始。斐济人口中有 44% 为印度族，印度文化在斐济占有重要地位。所以展厅里以时间顺序列举了印度工人以及他们的后代对斐济做出的贡献。

1874 年斐济成为英国殖民地，当时英国从同属其殖民地的印度，向斐济输送了劳动力。于是，大批印度人在斐济安家扎根，成为斐济社会的重要组成部分。

提到印度信仰，我想到在楠迪有一座印度庙——Sri Siva Subrahmanya Swami Temple，当地人认为它是南半球最大的印度庙。虽然我曾经在同为南半球的毛里求斯见过规模比其大的印度庙，但这毕竟不是重点，信仰才是最重要的。与其他印度庙一样，这座庙亮丽的色彩十分吸引人，进去时要脱鞋以示尊重。

无数丰富多彩的寺庙、清真寺和家族圣祠，提醒着人们印度群体在斐济的繁荣兴旺。多数印度裔斐济人都是印度教徒、穆斯林或锡克教徒，他们仍然会举行祖先的古老仪式。

从博物馆出来，街上到处都是"小印度"。曾经在 *Lonely Planet* 上看到过这句话："在斐济，大多数主要中心感觉都像是小印度。"很多商店和生意都是由印度裔斐济人经营的。

乘坐公共汽车进城，你会经过各种广告牌，比如诱人的购物胜地 New Delhi Fashions，以及 Tappoos、Khans 和 Motibhais（这些都是印度名字）。巴城、劳托卡、拉巴萨和莱武卡这样的城市停滞不前，依旧有旧式店面，以及塞满印度家具用品、时装和食物等必需品的通道。

说到斐济的公交车，我在公共汽车站里见到有一种设施，明显是印度式的，看起来就像低调的甜品车。这些带轮子的玻璃柜里装着大量非常甜的高热量美味，用小豆蔻、牛奶和香甜的糖浆做装饰。就像在印度一样，在这里，吃辣味餐食或小吃以后，不放纵自己吃些甜食就是不完整的。我向来喜好甜食，倒是开心地大吃了一番。

听人说，大多数印度裔斐济人都会从这些小商品店里买东西。但如果在大型宗教节日期间，人们也会在家里一起制作甜食。

前面我有提到当我一踏足到斐济后就下意识地适应了唯独在斐济才有的"斐济时间"，我想，或许是因为斐济的魔力吧？就连在一个多世纪以前，刚刚来到斐济的印度移民都因为这里的美好，而放弃了很多印度社会和文化中的僵化部分。

如今，他们的后代已经让自己成为世界上最"慵懒"和最友善的印度海外族群。我向往这种生活态度，恨不得自己也能融入其中。因此我还特意向印度裔斐济人打听，是什么让他们与印度人如此不同？沉默很快会被热烈的对话替代，话语间谈论的更多的是奇闻轶事和对成为斐济人的自豪。

斐济，既有着南太平洋及欧洲文化的影响，又充斥着印度文化的身影。文化的交汇在这座小岛上却没有一丝违和感，这些都是得益于斐济人自己的满足与和谐——知足常乐。

当地人告诉我们，在生活中大多数人有一种原始的感觉，因为这里物资丰富，所以人们以一种简单的状态来生活，"慵懒"只是一种跟随自己内心的表象罢了。简单的房子，围着简单的栅栏，一切都有种世外桃源的和谐。

/ 去！你的水上运动 /

　　茂盛的阔叶植物和当地特色的建筑，随性地交杂着，其实也暗暗透露了设计师的精心设计。

　　在斐济期间，正值 2014 世界杯进入到后半期，酒店的各处，但凡有电视或投影仪的地方，都在播放着世界杯赛事，或是一些体育节目。各种式样的酒水陪伴着球迷们守在屏幕前，似乎它们也在努力酝酿、积蓄能量，在比赛达至关键时刻，随着球迷们或兴奋的叫好声，或遗憾的叹息声，奔流至人们的体内，努力地、铆足了劲儿地奔跑着，与血液一起加速，与现场的气氛一起 High 起来！看到他们，我这个对足球一窍不通的人，都想叫一杯 Fiji Gold 加入他们。

　　或许我把这次世界杯当成了一次体验，在那里我获得了不一样的自由和自身存在感。当一场七亿人共同参与的盛会你没有缺席时，你会感到一种强有力的满足感，拥有着并不平凡的快乐。和许多人拥有共同的回忆，永远都是一件特别美好的事情。

其实，斐济的国球是——橄榄球。

开车在斐济的街道上行驶时，你会看到大片的草地，细细看来，你便会发现这些草坪周围都有铁栏，还有橄榄球门。这些运动场上，几乎所有的人都在玩橄榄球，或是在看别人玩橄榄球。

马路上、建筑物上也会有一些很大的广告牌，宣传的就是斐济的橄榄球队和斐济航空，上面画的是一个斐济橄榄球运动员抱着橄榄球在奔跑，广告语的意思是：像一个斐济人一样飞翔。

七人橄榄球和高尔夫球，是斐济人最有希望冲击奥运金牌的运动项目。瓦塞尔·塞勒维是世界上公认的最具才华的七人制橄榄球运动员，这个三十八岁的斐济人保持着五次香港橄榄球赛冠军和两次橄榄球世界杯赛冠军的惊人纪录。

在当地的工艺品店，我看到的很多工艺品都和橄榄球有关。最直观的就是印有斐济特色花纹的橄榄球，还有一些钥匙链是橄榄球装饰的，以及一些橄榄球衍生品。

网络上提及的"在斐济必须做的十件事"里面就有一项是"参与橄榄球运动"，从这可以看出橄榄球对于"斐济印象"是一个多么重要的组成部分。只是，对于我这个几乎从不运动的人来说，橄榄球未免太……不过我还是在斐济的一所中学，观看了一场橄榄球赛。

参与比赛的都是斐济稚嫩的孩子，大都是十三四岁，在争抢时气势和语气都是比较猛烈的，不过，到底还都是孩子，嬉笑、打闹才是这次比赛的主题。孩子们的热情彻底感染了我，跟随着啦啦队的欢呼和加油声，我差点以为自己现在还在学生时代呢。

除了橄榄球外，还有一类运动就像是寄生在斐济上一样：水上运动。

斐济人热爱水上运动，游泳、潜水、冲浪、帆船、水球……能想到的水上运动他们似乎都会，个个都是水上运动员。这也正是许多人费解斐济人为什么没有癌症的原因之一，常年的运动让斐济的人身材高大、健美，加上生活节奏缓慢，身心舒畅。自然而然就没什么病痛了。

"游泳"是一种接触这个国度最好的方式。作为一个岛国，海域比领土更像是这个国家的血脉，也正是海洋哺育了斐济人。海洋、海水是斐济能给旅客"最具当地特色"感受的事物。

我在斐济时，接触了很多的是游泳健将，向他们学习如何在"水里生存"。胆小的我比较擅长诸如此类比较安全的运动。不过，我也非常向往其他刺激的水上运动。

水上运动在斐济有着天然的运动场地和条件。在斐济的塔瓦卢阿岛，有世界上最完美的浪管产地。海水朝着不同的方向，依着不同的韵律前进着，为从各地拖着冲浪板前来的游客，提供着无限的可能性。

冲浪运动有一种特殊的"黏性"，海水与冲浪板须默契十足，才能将人类身体的平衡性与健美性展现出来，尤其是在穿过浪管的瞬间，一切都是那么"刚刚好"。

夜幕降临前赶到冲浪地，我依然选择了只是在港湾、在沙滩上走一走。斐济的沙滩既不是精细的，也不是粗犷的，而是不急不躁的。如果太粗糙，玩起来是无法尽兴的；如果太细致，踩下去也会心疼不已。所以，恰到好处的斐济沙滩，是最适合度假的人们来消遣的。

　　我向往海水被拍打起绵柔的浪花儿。将自己置于一波一波海浪之间，全身上下的细胞都能感应到海水带来的冲击感，那种刺激该是多么的畅快。有时候我觉得自己像是一个随时准备好了要游向大海的鱼，或者是天生就该生活在海边、随时准备着浸透全身的"海的女儿"。

　　但现实却是，我只能将自己泡在室内泳池里。

　　我为自己的胆小而懊恼。

这就是生活中很多时候说的无奈吧。我喜欢一项运动，喜欢一个人，喜欢一样东西，但是我偏偏跟这些喜欢错过。我其实并非宿命论者，但是对于天命、机遇、缘分……我还是蛮相信的。任何事物都会有它模糊的一面，世界万物自然也是如此。

　　天无常但是天命有常。

　　就像，如果我是一个很爱海、很爱水上运动的人，那么生在广漠，这就是一种无常。但倘若我一心向往之，在这一生来到海边，这就是天命。

/宅女/

很多人在旅行时，都不会在酒店待比较长的时间，我却很喜欢在酒店待着，甚至是宅在酒店。

酒店，有很多种，当然，我在这里指的是更像家的那一种。

旅行，本身就意味着短暂性，如何在短暂的时间里留下更深刻、更精彩的永久记忆，我的一个小秘诀就是：让旅行更生活化一点。把旅行当作平时的日常生活，用平时一样的洗发水、沐浴露、牙膏，等等。就算吃和平时不一样的食物，也把它当作只是今天出去吃大餐了。渐渐的，熟悉感就回来了。

如果按着记忆的客观规律，这些都很难被真正地记住的。但是，如果将旅行进行得日常一些，就像是今天睁开眼，家周围的环境突然变了，但熟悉的感觉还在，只是增添了新的元素一样。

所以，旅行时，我有时候会选择民宿。民宿，也是现在背包客在旅行时的一种选择。可惜的是，在斐济我并没有找到合适的民宿，只好住在酒店里。不过，不得不说斐济的酒店蛮不错的，与当地的特色紧密结合在一起，因此即便住的是酒店，我还是觉得很舒适。

在我看来，旅行让人最舒适的地方，是换了个新环境去享受快乐。有很多人将旅行比作梦想，为了完成这个所谓的"梦想"过着不太顺心的生活，压抑着，一直等到某一天去"旅行世界"里畅想快乐。真的到那一天之后，为自己列下许多规矩，比如今天我要去这里，明天必须去那里。

　　我昨天看到朋友的一句话，特别欣赏——我的结果，不是我的梦想。很多被标榜的所谓梦想，都跟洗脑差不多。我不喜欢程序化的人生，不喜欢所谓的假空虚……

　　当这个世界所有梦想都赤裸裸地展现在你面前时，你突然就失望了，反而指责别人说的"旅行世界"里的那些美好都是骗人的。其实这个世界原来就是如此。发现快乐，是需要技巧和勇气的。不需要等待、不需要做好了准备，在别人还在思考是否该出发时，你率先踏出那一步，那么你离享受快乐的过程就更近了一步。

　　在这个过程中，他们可能会践踏你的冒险，埋葬你的天真，说你是傻子、疯子。但当你到了要离开的那天起，许多的不满意都消失得一干二净。

不想出门时，我就随意地在酒店前的小广场坐着，刚好是傍晚时分，大家都面朝太阳的方向，有的在沙发上，有的在石阶上，还有的在草坪上，或坐或卧或立，慢慢地看着天边那抹橙色慢慢减淡。在这里能遇到很多有意思的人，看见有意思的事情。

　　有时会突然冲出一些人，打扮成当地土著的模样，开始表演起来。他们唱着，跳着，歌颂着那些英雄，那些先烈，那些偶像。人们在用这种方式展现自己的向往和热爱。他们每个人看起来都很快乐，让我觉得很温暖。原来在这世上，即使是灰尘一粒，太阳出来时，它们也是有歌有舞的。

　　还有的时候，我正独自惬意时会无意识地被一个面孔所打断，这个人眉头紧蹙，表情十分夸张，他带着标新立异的帽子，原来他是今晚餐厅的临时主持。还以咄咄逼人的口吻，专家一样的评论，学者一般的反问，最后引出自己的希望与思索。

　　他的语言很华丽，富有诗情画意，但藏在眼镜后那双小而明亮的眼睛却向众人传达着：他的思想更深邃、更沉稳。之所以注意到他，是因为我仔细观察后发现他的左腿是空的，他夸张的动作和兴奋的语调，其实都是靠着左肘倚在吧台上才得以站定并表现出来的……

　　那次在酒店看到的这一幕，我直到现在都记得特别清楚。每个人都拥有做梦的权利，我只愿世界少些围墙和规则。

宅在酒店里，总是会突然发现对一切都缺乏兴趣，觉得再像这样继续下去我很容易落入无聊的陷阱，一旦无聊我就很容易想起以前。

我曾经是一个没有太多规矩的人。从未想过改变，只不过想在我生活的小圈子里随心所欲，不干扰别人。但是不会顺从。现在的我，也不知道从什么时候起，有了少许的改变。现在就想踏踏实实地，高高兴兴地，做自己感兴趣的事。很多现在的挫折是避免某天的心碎的，不是说教，我确实有这个感受。当然，我一点都不想提前尝尝心碎是什么滋味。

生命里好多陌生人，能深深影响别人是在因为他们为善，能受到这些人的影响是一件值得庆幸的事。我一直觉得，每个人都需要这么一个人——从他的脸上，你能读出温和、优雅，还有一丝优越感，简直能瞬间扑灭对他发问的热情。其实，这个人很多时候就是希望中成熟后的自己。

酒店草坪上，很多小孩子在无忧无虑地玩着。

这间酒店的大堂通着后面的沙滩，特别通透。站在里面可以看到沙滩上嬉戏的大人、孩子。酒店大堂里有一个小柜子，上面挂着花花绿绿的卡片，近看才知道是手工做的，每张细看都有不同之处，针脚很细密。看着就想买一张，倒不是为了那份特殊，而是很珍惜制作它的人为这个物件付出的那段时光。

和很多人不同的是，我几乎在酒店里没有失眠过，我不认床，到哪里都能很轻松地入睡。生活中很多事情都是如此，我觉得都要随遇而安，就像当初了，我因为一次旅行，而去香港选美并就此留了下来。对工作有要求没错，但是生活中有些事情是不要斤斤计较的，这样自己才能和很多繁杂的细节和解，并且保持比较愉悦的心情。

我喜欢宅在酒店的另一个原因，是因为我的旅行大多数都是和家人或者朋友一起去的，其实，旅行的过程，更多是和同行人加深感情的过程。可以更好地陪家人和朋友。或许是因为职业的关系，在国内出行、游玩并不能彻底地放松、随心所欲，反而是到了国外，会相对好一些，可以随意许多。

/ 不用想象的温暖 /

那些琐琐碎碎的情绪，拼凑起来变成情感，有的幻化为爱，有的郁结为痛。有些人，你遇到他后，就会希望和他长长久久，希望彼此的生活轨迹多多重合。你会希望无论发生什么，他都能够一直在你的生命中存在……

妈妈总是陪在我身边，我们去过很艰苦的地方拍戏，住过在洗手间发现了蜘蛛的酒店；我们也去过很舒适的地方游玩，妈妈笑称，我们是有福同享有难同当的革命友情。有妈妈在身边我很安心。妈妈很漂亮，是混血儿，所以我也有四分之一的混血遗传。妈妈年轻的时候也拍过影视作品，很上镜呢。妈妈很注重养生，受到妈妈的影响我也养成了很多好的生活习惯。

我总是这样，一提到家人总是絮絮叨叨个没完，但是每次提起，心里满满的都是暖意。

我还有个弟弟，弟弟小的时候长得很可爱，小时候喜欢粘着我，现在他都快毕业了，人高马大的，虽然没有小时候可爱，但是非常英俊。

　　其实很多时候我不想太书面地谈论我最亲爱的家人，因为多么好的辞藻，也无法将我对他们的爱表述完整。

　　除了先天就有的那份密切的缘分——和家人之间的，朋友也常让我产生这种感觉，像家人一样的缘分。幸福就像温度计里的水银，在你握着的时候，水银灌注到玻璃棒里，你会觉得，我拥有着。但是，这些还是要好好珍惜和把握的，如果不小心摔落在地，那些水银倾泻出来，散落满地，那就再也抓不住了……

　　在斐济的工艺品店里，工艺品摆成一排排，我按着顺序看过去，心里想：这个是 A 喜欢的类型，这是 P 喜欢的，这是 Q 喜欢的，这是……看了一个圈，我停了一下，突然想到，这就是友谊的感觉吧，就是不管你走到哪里，都有那么几个人是让你牵挂的。

就像每逢节日，闺密发来的简单的几个字，就让你觉得暖意洋洋，像"保重身体""一切安好""身体重要"……当然了，平时也会经常收到这些信息。比如刚赶完戏很累但是睡不着时，或难受地倒时差时，还有录节目没有看手机时……

有个编剧朋友曾经对我说过，他刚失恋就在写一个喜剧，那时候是边打字边哭，键盘上都是湿的。他总是写着写着就崩溃了，后来他想了一个办法，就是写作的同时在网上和一个朋友聊天，其实很多时候他们两个并没有聊天，只是这个编剧朋友知道还有个人陪在他身边。他说回看那时候的聊天记录的时候，觉得很搞笑，无非是一些最平凡的"早上好""好""我去厕所了""我回来了"……对话很简单，但是那种情感依托是沉甸甸的。

和朋友间温暖的点点滴滴，我也会记得很深。

这几天，一个很久没有联系的好友一直在打我的电话，他打的是我的香港号码和我的上海号码，但我都没接到。因为今年搬来北京了，我申请了一个北京的号码，白天就都习惯用这个。晚上回家了，才看到他的未接来电，他略显关切、焦虑的声音让我很愧疚。

还有一次去机场接一个朋友，为了给她一个惊喜，就没有事前告诉她。到了机场后，等她和其他朋友打了招呼后，我才从后面慢慢靠近她，轻轻拍了她一下，她当时惊喜的小表情和情不自禁的拥抱，一直让我印象深刻。

还有个朋友，她也是很多年的"老"朋友了，她的父母也都认识我。很多时候，我上了节目或是拍了新作品，他们会比我自己还要上心。这个朋友不经常见面，但是她总是隔段时间发来慰问的信息，说：在银幕上看到你又瘦了，我妈妈让你多吃点，我知道我劝也没用，但还是想让你早点睡觉……都是些朴实的大白话，却让人很感动……

　　我还记得有一次有个朋友探我的班，当时好像是在外地取景，我不太熟悉那里。朋友也刚到，还要去办点别的事情，来了以后，就一直等到我收工。我想带她去尝一尝我在当地发现的美食，希望她能够感受到我在那里的每一点每一滴。现在这种感受越发强烈，就是吃到什么好的，看到什么好的，总想让家人、挚友也体验到。所以，我去哪里旅游的第一反应竟是：有什么可带走的特产。

　　当时一见到那个朋友，我们的话题就止不住。后来，在送她去机场的路上，我们就这样一路走，一路聊，肆无忌惮地开着玩笑……现在想想，都觉得难以置信，我们竟然会在一个我们都很陌生的地方相聚，一起欣赏着陌生的风景、陌生的风土人情。不可避免的分别时间还是很快就到了，看着她离去的背影，我心中有种说不出的落寞。在异乡，当时唯一的来自家的牵挂、熟悉的味道、踏实的感觉也随风飘走了……

　　一个人回来的路上，看到天上竟有孔明灯，我毫不犹豫地许下愿望：请不管怎样，愿我这位朋友永远幸福安好。

默默地走回程，我相信，那天过后，每次提到探班，我都会想起那位友人……心里竟无缘由地泛起"有缘千里来相会"的老段子，虽然俗不可耐，但还是觉得好适合。

　　回到酒店后，看到她送来的水果篮里还夹着一张卡片，是手写的，"要一切安好"。心里顿时觉得好温暖，这种感觉是说不出的窝心。突然觉得时光真是美好，能有人这样……

　　朋友就是每次你跟他说什么，他都会很上心，会记得跟你不相关的从未谋面的人，只因你说了；会记得你的好多话，虽然有些自己都记不清了；会记得督促你：多吃水果、多喝汤、早点休息……

　　很多人都不知道我有多在乎他们，心里的位置放得有多重；很多人也不知道我其实有多无所谓他们，想努力亲近都做不到。很多事情深究就是凉薄，尤其是在一方特别在乎时，一旦开始在乎的时候就是致命的。人与人之间的相处不可能做到能量守恒定律般的严谨，很多人都这样说。那好，在这件事情上我就坚持一回理性。

理性的好处就是，我原来就觉得你没那么好，所以在你露出不太好的属性时，我也毫不惊讶，我也会毫不为难，因为付出得慢，收回得自然就快。在一些困难出现时，不少人就会觉得人情冷暖。很多人都不是纯粹的理性与感性，而是感性与理性的纠缠。

有一次我跟朋友聊天，就是聊掏心掏肺这个话题，我说直肠子的人就是对朋友掏心掏肺的。但是，那个朋友立马反驳：你错了，其实很多时候，你并不知道对方掏出来的是什么……

别人掏出来的是什么？

有些时候会是伤害。

前几天出席一个活动，到了采访环节时，记者问了一个问题——其实他完全是知道答案的，我回答过无数次的问题，或是我根本不知道要怎么回答的问题。

很多人就会说，是媒体的不对。但是，我理解，我是完全能够理解媒体的。自从我做了演员——可能刚入行时不太明白——慢慢我也明白了，只要做了演员，就是一个公众人物，那么公众人物，就是得有一些不太一样的方面需要呈现更多的给观众。但是有些底线是不能碰的，比如说，很多人非常关心艺人身边的人，但这个有时候就会对我身边的朋友造成困扰……

由于工作关系，我跟大多数的朋友只是依靠一些通讯工具联系。毕竟大家都挺忙的，现实生活中有很多事情要去处理。其实我不太喜欢这样，我更喜欢面对面地聊天，有什么大家就可以第一时间反馈给彼此。

　　和朋友见面、聚会，这种事情经常要隔很久才有一次。听彼此讲彼此的事情，A君可能终于出版了自己多年的心血之作，Q君已经将某店经营得有声有色，D君竟然出人意料地转行了，L君放下多年的理想踏踏实实地回去上班了……

　　虽然大家生活在同一片天空下，但有的在南京，有的在东京，有的在多伦多……之前我们在各种各样的环境下相遇、相识、相知，然后或长或短地相处，之后继续朝着各自的人生轨迹走下去，身边不停地有着林林总总的过客，当然我们也是过客中的一员，"嘚嘚"的马蹄声不再有对错之分，荡漾开的阵阵涟漪皆是缘。若是我们日后还能重逢，到时一起唏嘘当年，并且更稳重地踽踽前行……

　　珍惜眼前人。

　　我之前也不理解"珍惜"，或是说不理解为什么要珍惜眼前人，就那么近，有些时不时地就能见到，可是后来渐渐就懂了些……

感觉有些朋友在一起的时候特别能理解自己，即便是分开后不在一起，还是觉得那份友谊是不可代替的，好像身边的人都没有那个人懂自己，就会想着反正还有个最懂我的人。这样想着就会忽视身边的很多人，但是再和那个最懂自己的人重逢之时，会发现原来两个人再不像当初一样有的聊，而且在讲一件什么事情的时候还会需要好多注解。

因为事情越来越多，需要的"背景知识"也逐渐增多，在你反复讲什么都讲不清楚，在你讲什么都需要补充好多东西时……你会发现原来那个和自己有更多交集，更明白自己要讲什么的人，或许不是那个最懂自己的人了。真正懂你的人，可能就在你的身边、是你最常见到的那个人。

缘分不分种类，只分深浅。在每过一个节日之时，我都觉得能陪着我一起过节的这些朋友，大家都是有缘之人。能够在一起庆祝一些有着特殊意义的日子的人，不论是谁，都是蛮难得和难忘记的……

/ 亲爱的朋友 /

我还有一类很特殊的朋友——粉丝。

其实，名义上他们是我的粉丝，但是更多意义上我们是朋友。有几个粉丝，我们已经认识很多年了。

他们有的特别神。很多时候，我可能刚决定要去哪儿出席活动，他们就会立刻来问我是不是要去那儿，我就特别惊讶：他们的消息这么灵通。上海、北京、香港，等等地方，我去到哪儿都能见到在那个地方常见的几个朋友，他们会来看我，带给我喜欢吃的东西，会问我最近的情况，我也会跟他们聊聊天，一起吃吃饭。

有个是粉丝会的会长叫阿雅，她是台湾人。她每天早上五点起床后，就开始在网络搜索我的新闻——边边角角的，很多时候我都惊讶她怎么找到的，只要是跟我有一点关系的，她都能找得到。在这之前，我们却一直没有见过面，因为——她在台湾。

2013 年的时候，一整年我都在旅行，就想去台湾看看她，也想给她一个惊喜，就没有告诉她，直接去了。但是到了那儿，我的签证有些问题，海关不让通过——我拿的是加拿大的护照，海关提议我出示香港护照比较好通过。我没办法，只好坐飞机回了香港，拿了护照后又马不停蹄地飞去台湾，这才见到她，这一面真是曲折啊。见到后我们就像故交一样聊个不停，她带我去台湾人常去的地方，吃很多台湾小吃。

后来阿雅学会了作图，做视频，而且技术很好。她会做很多东西，速度也特别快。她每年都会做一个日历送给我，上面不但标注了我的生日，还有妈妈和弟弟的生日。

她会送我很多很用心的礼物，比如我演过的一些角色的小玩偶，每一个我都收藏了起来。2013 年我去了很多地方旅行，她就做了三本游记，都是我旅行时的照片，看到这几本游记时，我很是惊讶，惊讶于她的用心——虽然已经很了解了……

在上海，我也有这类特殊的朋友，小小和晓雯。

在上海时，我们经常见面。我只要出席活动她们都会请假来看我，就是在上海周边她们也会开车来看我，比方说像杭州啊，苏州啊，扬州啊。就是没有活动的时候，我们也会见面喝喝下午茶，还会约着一起去旅行，爬爬山逛逛园林，很是惬意。

他们做的很多事情都让我很感动。有一次我在杭州出席一个活动，她们说要去支持我，事前我并不知道那个活动需要买门票。活动结束后，大家一起吃饭，聊天的时候我才知道她们花钱买了票。活动现场是分位置收费的，前排的价钱更高一些，她们为了站好一点的位置，就买了比较贵的票。为了让更多的人来支持我，在台湾的阿雅会长，还特意打钱过来，把这些钱分给其他的粉丝朋友买票。

听到这些，我当时心里很不是滋味，我挺想见她们的，但是不想让她们花不必要的钱，尤其是阿雅会长的这种付出，让我感动又愧疚。

广州、香港的粉丝会会长叫 Kiko。我每次去广州出席活动，几乎都会见到她。她总是选一瓶口味很好的香槟带过来，晚上大家就会聚一聚，像多年老友一样。她经常在香港、广州两地跑来跑去，很多时候为了见我一面会很辛苦地参加完活动赶回一地，或是从另一地赶过来。

有时，虽然时间非常短暂，但是看到她们我还是会特别开心。

我觉得，我很幸运，因为能遇到她们。

在酒店里宅了没两天，我就想要出去转转了。

出门之前并没有想好要去什么地方，只是坐着车慢悠悠的逛，遇到没见过的地方就下车。这次我在较偏僻地方的停了下来，那是一条条小道，走到底才发现原来那是通往斐济工业区的运输轨道。

斐济的第一大产业是——制糖业。

斐济人种植的甘蔗是制糖业的支撑，当地 80% 的土地种植的就是甘蔗。在甘蔗成熟之后，将这些甘蔗收割，再用"小火车"（实际上就是两三个带着轮子的小铁箱）运到某处集中起来，接着，会有货车专门来拉这些集中的甘蔗，将它们运往制糖工厂。

自由土地国有化后，大部分人都选择种植最能适应热带气候的甘蔗，为了方便，很多斐济人就直接在甘蔗地里点一把火，将干燥且尖锐的甘蔗皮烧掉。没有过多的原因，只是为了方便省事儿，经常会有人不小心让火蔓延到了自己家的房子。这一点让我觉得斐济人很可爱。斐济就是这样一个简单的国度。它没有高度发达的工业，没有现代化云集的高楼大厦，没有先进的技术，拥有的都是趋于自然的简单。

　　如果来之前听到这样的说法我压根无法想象，但当我真正看到这样的情景时，我也和当地的斐济人一样，会心一笑，忍不住想：真的是很可爱又有趣的斐济人。

　　小推荐：斐济 sugar，纯度很高，值得尝试。

　　除了制糖业外，斐济还有一大的产业就是手工编织或是手工印染布了。走在斐济街上，这些都是随处可见的，集市上，两边的风景中到处都是手工编织物，大部分都是各式各样的花纹图案。我想这也是我爱这里的一个很主要的原因吧，爱花的人大抵都是有美好愿景的。

他们的手工编织用着比较粗糙的原材料，但是技巧十分精湛。看到很多精美的手工产物都想买下，这些物件将斐济人慢悠悠的生活态度展现得淋漓尽致，因为再小的东西他们都以很认真的态度完成，你拿到它的时候也会带着某种虔诚。

虽然旅游业在斐济并不是那么发达，但它也是斐济的大产业。

最早开发斐济旅游业的人是离斐济很近的澳大利亚人，斐济当地人是在最近几年才开始经营旅游业的。这应该与他们物产比较富足有关，斐济有谚语："在家一棵树，出门一块布。"就是说，在家的话，有一棵面包树就可以了，采摘面包果为食；出门只需要包裹一块布就行，特别随意，终年气温比较高，也不用穿那么多。

神奇的是，这里的生产物生长得特别快特别多，再加上海洋也提供了大量的补给。这里的当地人非常安于现状，比较有钱的除了一些欧洲人，就是印度人和中国人。

听当地的一位华人讲述，他来斐济有六七年了，刚到的时候，他开了一间理发店，请当地人做工人。他是这样给他们定工资的：除了基本工资，每理一个头发会有一份提成。后来斐济人在理了几个头发之后，就等着收钱了，他们觉得今天用的钱赚够了，就可以走了，也不用赚多余的钱了。

沿途看到很多当地人家里大门敞着，孩子就在穿堂而过的通道里自己玩耍，有的还有马拴在那里，而大人出去务工了。当地人不太担心会被抢劫或偷盗。但是华人、白人或是印度人，就有可能被抢劫。因为在斐济去银行存钱要交保管费，而且一次最多只能存两百斐济币，所以有不少外地人都会把钱放在家里。

在斐济工作的华人特别多，在街上，我看到了很多中餐馆。我还吃到了好几次正宗的港式餐，有好几家"酒楼"做得很不错。

和那个在斐济待了六七年的华人聊天，我还听他说了一些关于斐济人的事情。比如，他觉得在斐济做生意比较容易，几乎不会有人和自己竞争。自己想到一个什么事情，去做了，斐济人也不会去模仿。

斐济人的可爱远远超过了我的所知，我想，这也正是大多数人愿意来斐济旅游的原因之一吧？告别那位热心华人后，我又再次启程上路，这次是前往苏瓦——斐济的首都，期间还路过了南太平洋港。

准确的说，南太平洋港就像是国内高速上的某个服务站。但是它建得却像一个世外小镇——五颜六色的建筑，排列整齐的廊柱，整洁的百叶窗，想不多停留会儿都于心不忍。我下了车停留了许久，大多数时间是拿着相机不停地"咔嚓"。

来斐济久了，就会去想很多关于斐济人的生活，想的越多，越想加入其中。我们生活在忙碌的城市里，生活过得匆匆忙忙，这种超负荷的亚健康状态是十分不好的。来斐济以后我学会了自我调节，空闲的时候，我什么都不想，什么都不做，只是放空。实在闲不下来的话，就去做自己喜欢的事情。

午餐是在南太平洋港解决的，拍照累了，我就找了个吃饭的地方，小店外面有一处荷花池，为炎炎夏日带来一股淡淡的荷花清香，就着这股香味吃饭也显得特别香。那顿饭我足足吃了两个小时，心满意足后才慢悠悠地再次出次，继续向着苏瓦前进。

经历了调整后，再重新出发，你会发现一切又是那么生机勃勃了。下午四点左右，我终于到达了苏瓦。

　　苏瓦比楠迪现代化很多，高一点的建筑也多很多，房子色彩也更加斑斓。可能是因为在小镇上待的时间太久了，一夕之间，我竟然有点难以适应这里的繁华。可能之所以喜欢斐济，它的原始性是一大原因吧。除去这一原因，身为首都的苏瓦就不像楠迪小镇那么有趣了。

/ 像孩子一样 /

生活中，很多朋友都说我像个孩子，喜欢用孩子般的心态待人。其实，随着年龄增长，每个人的童心也都在慢慢找回来。虽然不会再像孩子一样无忧无虑，但是，只要让自己永葆孩童之心看待事物，做到真诚待人，就不会被那么多、那么繁杂的事情所困扰了。

孩子的情绪，是有比较大的起伏的，他在看到很多事物时会惊喜得不得了，在有强烈的情感出现时，还会有很强的眩晕感，甚至会有上天下地、欲罢不能的感觉。

我讨厌节制、冷静、没有感情的自己，我不想在对着朋友的时候，还是一种坚硬的成年人的心态。所以，即便我的表面上看上去可能是理性的，但我的内心，至少要留有一部分是感性的、要有孩童之心——对自己，对这个世界，还是要保持着好奇心。

如果在生活的过程中，始终如一的保持着理性者的态度去对待，那么前方将会是死水一片。没进入这个行业之前，我是个比较内向的人，不善言谈。但是工作需要我外向一些，多说点话，虽然我不想勉强自己，但是我深刻地明白，这是这个社会的生存规则——人的性格和这个世界所需要的性格是需要磨合的。

现实需要我不断改变、去适应生活本身，久而久之，我就变得比较"外向"了。不过更多时候，我希望自己仍然是那个没有因为社会棱角而改变的自己，也希望其他人不要丢掉童心。因为人除了要为了生存迎合社会之外，更需要精神上的富足，精神世界里就包含了童心和无谓。

　　生命是鲜活的，不是死滞的，不要囿于逻辑的诡辩论之中，感性的情绪突出重围，要的不仅仅是决心，更是孩童之心。

我希望能有极致的情感体验，能够体验更多的事情、人情。外物会让人越来越趋向于理性，我害怕这样的自己。就像眼泪，被人类用得不再那么单纯。那只不过就是泪腺的分泌物，用来表现更加剧烈的情感的反馈，如今却被用来代表着太多原本不属于它的属性。

　　人与人之间的关系真是错综复杂，很多真相和本质是需要剥开外皮来看的。因为工作的关系，很多时候我过得有些急、有些乱，心还在那里，身体却在不停地忙忙这、忙忙那，所以，我没有特别多的时间去深究那么多的错综复杂——既然有些事情是无法改变的，那何不就这样放下呢？

　　烦乱的时候，只要静下心来想想，到底自己想要的是什么，应该重视的是什么……这样想过之后，就算没有答案，也会让自己释怀很多。这也不是自欺欺人，而是一种心理暗示，有时候多一种这样的暗示，真的很需要。

飞来飞去做"空中飞人"时，我会反复想着"因缘际会"这件事；在剧组吃那些菜时，我也会想：到底饮食和人的性格有什么关系？这些说出来会有点不好意思，可能都是一些不着边际的想法，但是我觉得偶尔想一些这样的事情，会让我蛮充实的。

之前看过一篇小文章，说的是现在的人越来越忙，却活得越来越空虚——身体忙着在做很多做也做不完的事，大脑却停滞着，不去思考。

我不想让自己成为人群中的孤独者，所以闲下来时，我会想要看点书，看点电影，当然最多的便是游记。在一次次阅读、观赏中实践学习。机会到来之前，需要多积累多学习。很多人觉得演员这个职业不需要太多努力，只要美美帅帅地待在镜头前就可以了，其实完全不是这样的，想要一直站在镜头前，也是需要很多积累和经验的。

每一个角色，我在接戏的时候都会谨慎对待——我会看完整个剧本，不仅看自己的戏份，还会分析这部作品究竟想通过这个角色表达什么。

对于角色本身，我也会投入很多。在演某个角色之前，我会努力了解她，在演的那段时间里，我希望我能够就是"她"。

如果是历史上存在过的一个真实的人物，那我就会多看看关于她的资料；如果不是一个真实的人物，我就会找到一个和她相似的人物，去揣摩，希望尽可能地找到：她在乎什么，她在乎的人在乎什么，她那个时代在乎什么……直到，将自己彻底变成"她"。

在楠迪的那几天，我还尝试了钓鱼。

钓鱼是件蛮磨炼性子的事情，需要一直耐心地等。我本是一个比较急躁的人，做事情风风火火，不喜欢拖延。但是慢慢的，旅行让我的性子慢了下来。

因为在旅行的途中会发生各种各样的事情，很多时候计划做得再好也会有问题出现。由于多种原因，计划并不能朝着自己预期的方向前进。后来，我就索性不再去计划了，尤其是关于旅行这件事。

现在很多人都是急性子，特别是网络时代让这个世界上的人都处于忙忙碌碌的状态，连沟通也变少了。每天起床、吃饭、上班、工作、吃饭、下班、睡觉，一日一日……有一些人承受力比较差，就在这些循环往复中抑郁了，而沟通减少这一现实则加重了这种抑郁。

朋友间、伴侣间、家人间，甚至是陌生人之间都是需要沟通的，即便再了解的彼此，都无法逾越沟通这一桥梁。无法沟通时，两人之间就像被一团棉花堵着，堵塞得慌，就会越来越抑郁。

如果没有可以沟通的灵魂，就易导致思考能力丧失，就像陷入监狱一样，很多想法被限制住了，不是想不到，而是根本没有时间去想。人的大脑是不是就是这样退化的？

　　钓鱼之前，我盛情地邀请了笑容很灿烂的船师傅也一起加入我们。他是把好手，不停地有战果，我是绝对难以企及的，突然间看到他的方向盘旁边还摊放着一本书，我不禁好奇起来。他看到了我在看他的书，投来会心的一笑。

很多时候，一不小心就能发现这个世界的美好和善意。

记得有一次，我在家附近的一个小餐馆吃饭。那天刚下完雨，风还很大，好像是假期，没什么人，我独自一人吃着东西，突然听见很大的一声响——门口的招牌被风刮歪了。

门外有个男孩，他尝试了几次想要把招牌扶起来，但是风太大了，招牌总也摆不正。最后他不得不用右肘夹着伞，使其不被风吹跑，同时他又用左手去搬一块大石头，希望能够压住招牌……他是那么的努力，一个人坚持着。

这时，店里又进来一位少妇模样的女人，她穿着很随意，手里拎着半个大西瓜。原来，她家里有一个大西瓜，但她自己吃不完，于是就拿到店里来和大家分着吃。其实这里的人都彼此不认识……我没想到，仅仅是一顿餐饭的时间，就有这么多温暖片段，那顿饭，让我记忆犹新。

鱼，终于钓上来了！还不算小，我顿时很有成就感。大家也都很兴奋——我是我们这一行人中第一个钓上鱼来的，大家相互击掌庆祝。船长把这条鱼从钓钩上取下来，像颁奖一样，"颁发"给我。

大家像孩子一样，举办了一场不大不小的"颁奖仪式"，玩的不亦乐乎。我喜欢和像孩子一样的人在一起，这样，任何事情似乎都单纯了很多。我们可以像孩子一样，有什么就说什么，不会打哑谜，可以尽情地开心说笑，也不会担忧很多、顾虑很多。

当然了，我如果有哪点不太好，也希望别人对我指出，我也会努力调整、改正。

关于改掉自己的小毛病，我有一个很好的办法，那就是——贴字条。

如果有哪点别人指出了，我就会写在便笺条上，然后贴在显眼的位置上。这样我就会经常看到这些，每看一遍我就告诉自己要注意。在一遍又一遍的心理暗示中，这些毛病就会很快地被改正了——这个办法对我来说，屡试不爽。

爱憎分明也是很多直性子人的第二天然属性。待人以诚是我的原则，我也希望我的朋友如此待我。

很多事情都是有原因的，并不是自己假想出来的。我经常会自省，自省和别人的相处，自省对于每一个角色的演绎，自省有没有认真地去做事情。

虽然很多人都知道这些道理，但是真的去做的可能并不多。如果真正去踏踏实实每日做了，就会发现收益真的蛮多的。很多时候，如果去做了，没有反思、没有自省，那么下一次有什么改进呢？

就像我现在钓鱼，一次次下线，一次次浮上来，一次次换地方。但是如果不去想想为什么船长能够钓到、他是怎么做的、我在做的时候有哪点需要改进……那么再多次的抛线和第一次的也无二致。

即便再累再困，每天躺在床上，我都会静静地问问自己：这一天过得怎么样？哪些地方还需要改进？这真的是一个很好的办法。

其实人生不长，每个人生来都是无瑕的，但是在尘世间来回奔波的途中，可能就会滋生或是沾染一些不好的杂质或杂尘，那么接下来的人生，其实就是重回"纯粹"的过程。先天的无尘是不足称赞的，因为那是上天赐予每个人的，如果能在滚滚红尘中生活多年之后，"万花丛中过，片叶不沾身"，那才是值得称赞的。我想，这也是人生意义中的一项大成吧。

可能很多人觉得这是做作的表述，因为人生在世难免有错、有瑕。而且有些事情、有些东西是没有办法改变的，即便再努力，还是有些东西是自己看不到的。所以我才会说，我也会希望朋友指出我的问题。看没看到和解没解决是两个问题，如果看到了，还不解决，那就不好了。即便有些事情无法解决，但只要自己注意了，那也是一种有效的自我改进方式。

在严谨的数学科目中，也有"极限"这种模糊的概念存在，所以非黑即白的纯粹概念化的世界，的确是难以界定的，但即使是在庞大的灰色地带，也是有偏黑、偏白这种细分概念的。

在楠迪时，我还去了当地有名的总统村——那个村子出过总统，所以叫这个名字。

　　总统村的整体色调是绿色。很多房子都被漆成了嫩绿色。除去葱郁的绿色植物，在这里，我第一次见到了传说中的面包树。它的果实很大，外形有点像波罗蜜，挂在枝头，随着微风显出沉甸甸的姿态。在每家门口都竖着一个黑色的树桩，上面刻有各种形状的图腾，在木桩下面还有许多小贝壳。听导游说，很久以前，斐济人在捕鱼回来后，会把贝壳堆积在这里，现在这些贝壳都被用来作装饰了。原来，最早的时候，他们没有电可以使用，都是用火把来照明的，而这些黑色的树桩就是他们用于照明的火把，插在门口，可以随时取用。

　　现在，就只是用于装饰了，贝壳、木桩都是如此。

　　当地人看到我手中的相机，都会大笑着说："Bula！""Bula！"原来他们希望我将他们拍进照片里，一提拍照，都特别开心。有一家人知道我要拍照，还专门将家人聚齐了，和我一起留影。

/ 爱吃不胖的任性 /

　　我是一个标准的吃货。

　　食物对于我来说，就像是有着某种特殊功能的良药，不仅温暖了我的胃，还让我整个人的精神也随之好了起来。演员是要控制身材的，但我不能饿，对于吃，我从来不委屈自己。我喜欢吃上海菜、北京菜、日料……甜品，是我最喜欢的，奶油，更是我的大爱。我喜欢那种软软的、甜甜的面包，如果有奶油，那真是极好的。

　　斐济人在饮食上嗜好海产品，注重菜肴的丰盛。主食则以米为主，副食特别喜欢海龟肉、鱼等海产品，他们也爱吃猪肉、鸡肉；调料爱用椰油等。我一直认为，或许自己就应该扎根在斐济，这里不仅生活节奏令我向往，就连食物都异常符合我的口味。

在斐济的第一餐饭是在 Denarau（丹娜努）码头吃的。它位于楠迪以西六公里的丹娜努岛上，这里有很多不错的咖啡馆，还有一排各国美食餐馆。

我们第一餐吃的是这里的特色海鲜拼盘，一大盘，都是白天刚捕获回来的海鲜。这种时候我就特别满足，当然，如果一起吃饭的人比较多就最好了，可以点上一大份，然后一起分享。

在斐济只产两种啤酒：Fiji Gold 和 Fiji Bitter。在餐桌前坐下来就立马点上一瓶 Fiji Gold，冰冰的瓶子还渗着水汽，倒出一杯，一口饮下去，口感香醇又不失清爽，会让你幸福无比的。

离开楠迪之前，我又去了一次丹娜码头，在 Bonefish 吃了一餐饭。这家更赞，店里有一种餐前面包，是杂粮做的，有淡淡的香葱味道，咬上去酥酥的感觉，伴着黄油或是沙拉，特别美味。在点餐之前，服务员还会把一个小黑板放到你桌子附近，上面的餐菜都有不同的分量对应不同的价位以供选择。里面还有一款果汁酒，是专门为女士设计的，色彩十分讨喜，还配有一块菠萝，看上去就像海边带着遮阳帽的娇羞美女。

出发去 Castaway 也是经由丹娜努码头，黄昏巡游之旅就是从这里出发的。那天，在等待时，我进了一家名叫 Lulu's 的咖啡馆，点了一些食物。本只是用来打发等待的时光，却不想和一场美丽的下午茶邂逅了。

我选了一块红丝绒蛋糕，外表看起来非常普通，和国内很多做得比较精美的下午茶小点相比，看起来并不是多么诱人。咬下去的第一口，我就知道我完完全全错了。蛋糕不仅松脆，味道和甜度还配合得天衣无缝，入口的感觉也比较清爽，并不像很多甜得发腻的下午茶小点。搭配鲜榨出来的纯果汁，味蕾的幸福感瞬间传遍全身心。

在楠迪，我还吃了几顿中餐。这里有很多粤菜做得非常不错，我还是偏爱吃中餐的。司机师傅是位东北大汉，他一直嚷嚷着请我吃炸酱面，因为他自己最想吃。

在斐济有一种仪式，很普遍也很传统，那就是 Kava Ceremony（卡瓦仪式）。古时候，在勇士出征、部落决定大事、欢迎远来贵宾，甚至族人欢庆节日时，都少不了它。这种仪式对于外来的观光客而言，更是融入当地部落的重要方式。

Kava（卡瓦），是当地一种胡椒树树根，用其所做成的饮料则称为 Yaqona（阳高那），制作前，需要大家围着鼎，席地而坐，将树根包上棉布，放在三角大圆鼎中，加水揉搓。

这种鼎，其实叫 Tanoa（喝水的碗），形似海龟，在当地很多卖特产的店里都可以见到，有各种样式和大小。随后让挤出的汁液流入 Bilo(椰子壳卡瓦杯)中，即可饮用。饮用时也有特别的方式，饮者需以双手击掌三下后，接过 Bilo，仰头一饮而尽。然后将空壳还给赠予者，再击掌三下，即完成仪式。

若在勇士出征前举行，则是为了向祖先先灵祈求保佑，让勇士顺利出征并凯旋。此外，部落中有值得庆祝或需要集会商讨要事时，都会以饮用阳高那来进行。

阳高那本身呈白浊色，并不含酒精，但却有麻醉作用，所以第一口会觉得舌头麻麻的，带着一股淡淡的青草香。因其含镇定成分，所以斐济人喝多了也不吵不闹，就沉沉地睡去，可以说是，最安全的宴会饮品。

饮用时，需要一个接一个地轮流饮用，其他人帮忙击掌并欢呼。也因如此，观光客往往在加入时，受到酋长的欢迎，与所有人很快融聚在一起。

斐济当地很重要的一种主食就是——面包果（Artocarpus altilis）。

面包果富含淀粉，烧烤后便可食用。烤制过的面包果，味道就像面包一样，松软可口，酸中有甜，常被用作斐济人的口粮。

听说它的果实大得从树上掉下来可以砸死人，每年结果的时间有八九个月那么长。斐济当地有这样的说法：一个男人只要种五棵面包树，就可以完成对后代子女喂养的责任。

斐济还有一种农作物是十分出名的，那就是——斐济果（Feijoa）。

斐济果的产季比较短，每年的三到六月即可结果，但成熟、保存和运输起来却非常不容易，果实很容易因擦伤而腐烂。因此，斐济果虽然好吃，却不适合大量出口。

导游还介绍说，斐济果富含维生素 C、叶酸、膳食纤维等，不仅具有排毒养颜、抗癌的功效，还被称为"水果中的中华鲟"。吃法也十分简单：小刀一切两半，用小勺子舀着吃，味道非常好。在街上逛累了，我就让当地人帮我选一个上好的斐济果，当作逛街小零食。

/ 电影人生 /

在苏瓦的时候，我们去了一家影院参观。这家影院是南太平洋最大的一家。大，并不是它最大的特点，它最大的特点是——最早。

由于斐济处于东西半球分界线上，所以，当一个影片全球公映之时，最早上映的就是这家影院。

看电影，是我最喜欢做的事情之一。其实很多人都生活在一个"被营造起来的世界"中——被自己的想法、被自己身边人的想法"营造"。所以，影片中各种不同的人生观、世界观，让我觉得很有意思。

"你是谁，你就会遇见谁。"

这句有点小热血的话，用在看电影上非常适用。每个人都有自己的电影审美，当然了，也会相应地选择自己喜欢的电影种类。电影有那么多部，现在还在不停地剧增。相信很多人看到的，都是不一样的。

同一部电影，为它而写出的影评，可以有很多种。因为差异性，我对电影的看法是，与其说它在呈现什么，倒不如说它在反映着每个人的什么。

电影，就像一面镜子。可能很多人在里面看到的，都是自己的影子，这是一部相对成功的电影才能做到的。无论是虚构片，还是科幻片，甚至是恐怖片，它们就是要观众相信：电影中的人物、事件是真实的，是的的确确存在的——即便你身边没有这样的人，没发生过这样的事情，但至少让你相信：这样的人是存在的，这样的事情是发生过的。

电影，拍摄完成之后，是华美的。不管是怎样的片子，它给主演提供了一个具有极佳光线、极佳背景、极佳情景的状态，以及讲着极佳的对白。任何一种情感的流露，在电影中都是一种极佳的呈现，虽然在拍电影的过程中并不那么美好——一句台词可能要 NG 多遍，才能达到要求，一个转身要拍很多条才能体现情感的充盈度。

电影，还有一种记录时光的美好作用。我热爱表演的另一个原因正是因为如此，至少，它有一种让人相信美好的力量。拿到一部剧本时，我习惯性看完整剧本，而不仅仅是自己饰演的那个角色。我习惯性将自己代入，什么样的角色、什么样的情景，我都预先加以设想。在自己参与拍摄时，尽量让画面前拍出来的自己，是自己曾想象的样子。

生活与现实，更多时候是没有既定结局的，电影也是一样。有的结局是美好的，有的可能是悲剧的，但是，大部分影视作品，都会给人们以希望、光明。

说起来，这也是一种对现实的美好期待。

看电影就像是一种从自己的生活腾空出来，偶尔在别处徜徉一下的消遣。

我比较容易代入，总是看着看着就入戏了，有的时候哭得不能自已，有的时候恨不得自己就是主人公，更多时候，是看完之后还停留在剧情里出不来。如果是我遇到了电影里的情景，我会如何？当然，大部分是没有结局的，因为回到现实的，是我，不是她们。

生活中的某些阶段，事情会特别密集地聚在一起，见到的人也会特别多，经历的过程更是十分繁复。在这样的情况下，多数人都会想着逃避，会思考为什么我不是他们？不是电影中的主人公——电影结束了，故事就结束了……不再疲于奔波。

一部电影，就是一次时间有限地密集呈现，看完之后，要缓一下，想想那些对白，那些情节的设定，里面的主人公是如何应对的——有很多东西都是需要慢慢"咀嚼"后才明白的。有些人和事，是在当时怎么想也想不出来为什么的，那就留在心里，或许经年之后，才会完全明白。

感觉这样也挺好的——很多事情，很多问题，并不是要当时当刻就要了解透彻。或许那些问题一直存在，才是合情合理的，就像青春期都会有的叛逆心理和纠结的困惑。它们存在并不代表很快就会被解决，它们存在的周期，可能刚好就是你下一个人生阶段的开始。

当终于有一天，它们不再是困扰你的问题了，你可能还会感叹：怎么就不存在了呢？

小时候有时会觉得，大人有什么可烦的？叹口气、睡不着这种事情似乎还是挺有情调的。再长大一些，就会发现，有些事情就像不可预知的压力一样，突然涌来，防不胜防，扰得人心绪不宁、焦躁不安。等再过一段时间，一切又仿佛平淡了，甚至连最基本的情绪起伏都没有了，就像一波静水一样。或许这个时候，还会时不时地怀念一下当初情绪高低起伏的状态。

人啊，本来就是这么复杂的生命体。

　　我因选美成为一名演员，更多人喜欢称我为：偶像。前后拍摄了不少影视作品，其中不乏好评，却始终没有能摆脱"偶像"这个身份。之前我有提到过，出道时曾有人将我比作花瓶，就我本身而言，我并不讨厌"花瓶"这个词，这并不代表我不重视演技。

　　在刚入行时，几乎每隔几天，我就会去一些公司或者剧组，见各种各样的导演、制片人、经纪人。那时候，我特别在意别人对我的看法，我一心想要做好，想要摆脱"偶像"、摆脱"花瓶"，所以各种表演、代言都格外用心。有时候，我会特意在街头待上好几个小时，只是为了去观察某些人物——把自己想象成他们中的一员。

　　有菜市场快关门了还在里面捡菜叶子的老奶奶，有在一间不足十平方米的小屋里挤了七个人的租房客，有吵着架将桌子掀翻、甚至打起来的小情侣，有暮年相濡以沫的白发夫妻……

因为最接近电影角色本身的是现实生活中的各色人物，而观察人物的生活细节，则是一种最直观、最有效的学习方法。

我不是专业演员，即所谓的科班出身，所以我会更加用心去观察、去感受。我相信，只要用心去观察，就能看到很多原本不存在于自己世界的风景，只要用心去感受，就能够体验到更多角色的内心。

更多时候，我只是观察而已，我不想去评价任何一种行为。因为每个人都有着自己的生活方式和意识形态，也有着自我的生活组成，其他人无权、也不应该去评判他人的生活。我只是想要了解更多的生活形态，去认知更多的生活细节，去更好地诠释出每一个角色。

每扮演一个角色，我都会提高对自己的要求，甚至有的时候会变得特别苛刻。因为我觉得一个作品出来了，它就相当于一个定格——一个角色一场戏，它被拍出来，剪辑出来，就已经是完成品了。

它呈现出来的是什么样子，观众接收到的就是什么样子，大家没有时间也没有义务要了解到当时的状况。比如你去解释：我发烧了，所以今天声音不太好；我昨天没睡好，所以情绪表达得不对……没有这样的机会让你去解释，一旦拍完、剪辑成影视作品，它就代表了你在那个时段、那个阶段的状态，并不能因为你自己的私人事情，或是某些特殊的原因，就对作品的质量不看重、不慎重。

一些好的角色，是能留下痕迹的，观众会把这个角色记很久。甚至成为某些人记忆深处最经典的回忆，就像梅绛雪、王珍珍，感谢这么多年来，提起她们还能记得的朋友。

我也是一个有"野心"的人，我希望有一天，有人能够因为我诠释的某个角色而有一段难忘的记忆。我钦佩这种表现力和表演的张力，希望自己是一个专业的演员，也为之不断努力。

做一行爱一行，更何况我是很喜欢演员这一职业，才选择的这一行。我觉得，对角色认真是一种职业素养。

电影、电视剧，很多时候被解释为一种实现梦的方式。

但对我来说，影视剧会让我有回归生活的感觉。自从在大一时的那个假期，参加选美，选择了做演员后，我就有很多地方不能去，很多事情不能做。演员，有一个公众的身份在那里，有一个榜样作用在那里，你不能随心所欲地去过普通人的生活。

我会很期待拍摄都市剧，因为拍这种戏的时候，我所演的角色都有她生活的一面，就算明知道这一切全程都有摄像机在跟拍，但真正进入到角色之后，我会把它当作真实的生活。也会有很多戏是真实的生活中不会有的，比方说年代戏或是古装戏。我们只有身处其中，才会发现原来古代人是这样生活的，所处的环境是这样的……

在古装戏的制作上，我觉得现在的制作团队做得越来越精细了，因为影视作品是一定要尊重史实的。观众对影视作品的要求越来越高，影视剧的制作要求、演员的演技，自然也要随之进步。

一个好的角色的塑造，需要天时地利人和，样样不可或缺。好的影视剧本，优秀的团队，精良的制作，这些都是成就一部好电影的关键。如果电影本身够完美了，那么自然也就成就角色了。一部电影的魂是怎样的，就决定了它呈现出来的气场是怎样的，同时也会影响到片中角色的气质。

我是个典型的摩羯座，每次看到对摩羯座的分析时，心里都会一惊：怎么会这么准。

不善于表达喜怒的摩羯座，拥有极强的忍耐力，温顺老实的外表下，内心却是非常有主见的。摩羯座的人对自己有充分的认识，很清楚地知道自己想要什么，在做的事情是否值得去做。一个理性，头脑清晰的星座。

像星座分析上解释的一样，我在工作中是一个较真的摩羯座。我有很多的耐心，常常会因为一个场景，反复地在脑海里设想画面，有时候还会和空气对戏，一点也不担心身边的人把我当作小疯子。

面对工作时，我是严肃的，但是面对同伴或者朋友时，我又是特别亲近的。我喜欢工作以外的氛围是愉快的。我热爱旅行，也鼓励身边的人常出去走走，空闲的时候还会带着团队一起来一场说走就走的旅行。因为旅行的世界里，人成长得更快，走一圈回来后再工作可以精神百倍。

我特别喜欢到处闲逛——多看看，说不定就会有新发现。如果去一个新地方工作，我就等工作完成后，在那里多待几天，看一下当地的风光，玩一玩，吃一吃当地的美食。

人就是要在不断地遇见、看见中成长。我们都有自己的世界，但是这个世界只有我们自己的认知可不行。外面还有更大的世界，我们不能局限地活在自己的世界里。就像小的时候我们不知道现实有什么一样。

　　当理想与现实不期而遇，它会哽住你的喉，让你连个为什么都问不出，因为你不知道该去问谁。你的小小世界也许会因此而崩塌……很多事情要自己去经历、去品味才可以。只有多经历，才可能收获更多的朋友，才可能收获更多的幸福，也有可能会收获更多的伤痛和无奈——收获什么并不重要，重要的是经历本身就是一种宝贵的收获。

　　在北京，有大马路、有大高楼、有大餐厅，有豆汁、有海鲜、有红酒……什么都有，走进来的都是有志青年。

　　和他们一样，偶尔，我也有自己好不容易熬过了自己这一关，庆幸的是，我们依然在这里：生活、奔走。

　　这些影像、这些感觉、这些记忆，像无情的沙子穿过岁月的指间，洗刷掉年少的温度，留下幸福的滋味……我们的成长故事还将继续这样走下去……

　　想到这些，是在 Capation Cook 上。

那是一个黄昏巡游的项目。我在傍晚时分乘坐一艘游轮——这艘游轮叫Cook，在海面航行，观看日落，就餐，观看表演。

我在甲板上，吹着凉爽的风，看着夕阳缓缓落下，心里生出些许苍凉，感慨人生如白驹过隙。

吃完饭，船员们为我们带来了精彩的表演。他们穿着民族的草裙，卖力地表演着。没来由的，我有一种很神圣的感觉。

虽然也只是跳跳舞，但是听不明白的斐济语和原始的草裙相得益彰，在座的观众都按捺不住那份激情。游客中，许多陌生面孔，都欢快地随着船员们跳起舞来。

你看，哪怕这些经历仅仅只是让你想要微笑而已，它也那么的令人回味。

/如果，幸福/

　　罗曼·罗兰说："生活中只有一种浪漫主义，那就是在认清生活真相后，依然热爱生活。"我想要努力说出的便是，即使我们自认为洞悉了这个世界的某些规则与危险，仍然可以去选择自己的生活方式并热爱它。这便是我所寻得的生活第一义。

　　每隔一段时间我都要写下些什么，下马驻足，望望背后尘土飞扬的路。已成了惯性。每年年末也总是要回望，这时候就会把这一整年写下的东西都回过头来细细品味，每次回头翻上一次的文字，一定不忍卒读。文字总是片面的，若沿记忆回溯，冬末春初竟早已遗忘了大部分。

　　我不知道现在我写的这篇心灵旅行文，算不算得上是我在认清生活真相后，仍然对生活充满了热爱的证据。

　　文字的片面性，还是不足以代表一种生活的，但至少它代表着一种生活态度。生活虽然是没有选择性的，但是生活的态度，你可以自行抉择。

那么在眼花缭乱的世界如何选择你想要的生活态度？弗洛姆说："人类终究会在这种空虚中逃避自由，失去自我，寻找能把自己精神束缚住的一隅安全之地。"

如何摆脱这种因空虚而产生的对自由的逃避？
他说：爱与工作。

前者是自我的实现和升华，后者则是创造性的活动和个性的发挥。

无论是爱或是工作，在自由的世界决不可失去自我，只有扎下自我意识和选择的根，才可能让个性之树成长，人才可以做自己，而非大千世界数不胜数的人类复制品。

关于自我和选择，我对自己的要求永远只有两个：有趣和强大。

有趣是一种灵活、不呆板的状态，是自嘲和欢乐，是自由的、反约束和陈词滥调的。更多的，是保持好奇心。因为不甘于无趣，才会想要实现自我的价值，在追求自我的道路上不因受到外界的教唆而偏离。

无趣的人是完全适应着一切既定规则，言辞乏味而俗套，几乎没有自己的判断和见解，对于一切的知识，他们只觉得无聊和没用。我不希望我成为这样的人，那样就失去了很多选择的机会。

强大则是一种能力。

任何一个人，都可以在某一个自己喜欢的领域努力做到优秀，强大可以靠经验累积而出，只有懒惰的人游浮在浅薄的世界里自鸣得意。

它是一种不间断的努力的态度，是不停息的前进再前进。

切莫忘记有趣，只要你成为了一个有趣的人，拥有了强大的能力，获得了自由的灵魂，自行去选择生活的权利，那么幸福就离你不远了。

我们生活在一个匆忙的国度，灵魂有些追不上，我渴望着它有一天能终于闲适下来，抬头迎接文明的光辉沐浴。

我也希望自己终有一日能在生活的洪流中依旧保持自己的独立，拥有节制且不贫乏的生活。

当然，这样的我，才有可能去选择自己想要的生活方式，对忙碌的人生充满了期待和惊喜。

我相信每一个人都会为理想主义而着迷，每一个人都那么优秀，有自己的坚守和智慧，这本身就是一种价值观的输出。

理想主义本身并没什么缺陷，然而如高塔中的公主，想要追求她必先穿过沼泽和丛林，必须牺牲一些眼前的利益，和一些妥协者对抗。

它最怕的就是自我的先妥协，或许就像是一种世故和成熟，面对陈腐的规则，首先意识到的不是如何改变它，而是如何钻入它并适应它。

我越来越认识到，理想主义更多的是一种价值观的坚守，而非通往天才和伟大成就的必然之路。大多数情况可能并不会成功，它只是一种奋斗和不妥协的姿态，是自己无法改变世界也要坚持不被世界改变的反抗。

凡·高的成功或许在美术界有诸多解释，然而在全世界受人崇敬的理由可能只有一个：理想主义的不妥协，即使面对挫折和灾难。

这种生活并不应当被鄙视，因为几乎人人都是如此生存。长夜漫漫，人在行走时总不免摔跤然后绕路，然而我们终究拥有着自由意志，一切的一切都是自己理性的选择，一个个选择造就了"你是谁"。

而一旦选择，便应当勇敢地承担起后果和责任——你真正想要的是什么，你便选择什么。

因为一旦你选择了什么，你将得到你选择的那个。

或许每个人都将被环境所改变，有些东西却可以坚持，如果你真的愿意。

在我的世界里，生活像是一个圆形，圆形里充满了无数的未知，有可能是惊喜，也有可能是伤感，更多的肯定是得到。前提是，人一定要懂得，热爱生活才是开启这个圆形的钥匙。

　　我想要表达的只是一种对于生活的期待，我希望人们都能尝试着，去追求一些纯粹的、理想的生活，去关心身边的人，追求知识和幸福，热爱生活，并祝愿所有人都有好的人生。

/ 我就这样生活 /

我是个两极化的人，在生活中的我，是随性的，散漫的，向往着自由和未知。但在工作中我会严格要求自己，每一个步骤都尽力做到完美毫无差池，这和规则没有关系，只是一种责任感。

我也是如此要求我的团队的，我希望他们对工作有使命感，工作的时候，忙碌、麻烦，都是常常遇到的，但是我们既然做了，就一定要做好。我讨厌在工作上有不确定，讨厌因为自身状态而影响到工作。这不仅仅是关乎我自己，它关系着我的团队、我的合作伙伴，我对他们都有责任。

认真地工作，收获成果，以一种完美的姿态去迎接下一场遇见；优雅地去享受旅行带给你的快乐。这是我人生信条。

常听人说，我是任性的人，既然做了演员就应该为了前途去奔波去找寻机会。这种话，我听过就算了，因为我知道，这样说的人，他们不够了解我，我接受对工作负责的态度，接受一切工作上的要求严格，也接受一切公众人物带来的不便。但同时，我对生活，也是有责任的。

我常常游走于世界各地，为的不过是更好地出发。"新起程"意味着更好的回来。

在斐济这段日子，我的路线就是一张小岛地图，沿着路线一步步地探索发现这个小岛国的一点一滴。有些东西，可以在书本中看到，有些却只有亲身经历才另有一番风味。

比如说，在到达苏瓦时，我一开始并没有打算去当地的游乐场玩。刚好吃完饭，无事，就问了司机师傅有什么好去处，就这样误打误撞来到了当地的一个游乐场。

这个游乐场十分简陋，是临时搭建的，就像马戏团一样，他们隔段时间就会去别的地方。

花了三元斐济币，随着人群进入了游乐场。游乐场门口，有一片场地供商人使用，大概十几个小摊子，有的是在卖爆米花、棉花糖，有的是让人在台上演唱歌曲，有的是大型的游乐项目。

卖薯条和炸鸡块的小摊生意异常火爆，队伍排了很长。我也忍不住凑热闹排了很久的队，买了一份炸鸡块。一打开，就香气四溢，鸡肉更是十分劲道。这个味道让我想起当初在加拿大上学时的简单和快乐。

/Gap Year/

去年，我突然想要到处走走，给自己放一个长长的假期。

暂且将它作为我的间隔年吧。

从 20 世纪 60 年代的嬉皮士浪潮说起。当时不约而同前往印度的英国嬉皮士们正是最初意义上的 gap year 实践者。

60 年代的西方社会在政治、经济和文化各方面都经历了前所未有的巨大震荡——反越战示威、美国总统肯尼迪遭暗杀、反种族运动、伦敦的前卫时装风潮……各种新思潮和新事物的冲击促成了 the swinging sixties 的产生。

在这股风潮下，活跃于 50 时代的"垮掉的一代"开始演变为更加活跃的反主流文化群体——嬉皮士。他们用公社式的和流浪的生活方式来表达对越战和民族主义的反对，提倡非传统的宗教文化，批评西方国家中产阶级的价值观。

典型的嬉皮士之旅一般是从西欧出发，以最便宜的旅行方式穿过欧亚大陆到达亚洲的印度或斯里兰卡。如今鼎鼎大名的背包族旅行指南 *Lonely Planet* 的创始人 Tony Wheeler 夫妇就是在这样的旅行之后写出了第一本书——《便宜走亚洲》。嬉皮士之旅自有其精神上的驱动力，一般是"认识自我""寻找精神家园"或是"与他人交流"。

▶ 第一站：日本东京，一月。

参观了东京皇宫，去的时候被洁白的雪铺满了，空气特别好，但是有苍茫的肃杀气息，雪和日式建筑相叠加更显出宁静。晚上还吃了味道超好的涉谷拉面。

镰仓、横滨一日游，喂了可爱的圆鼓鼓的鸽子。

参观了东京塔，在街边看到了穿着日式结婚服饰的新人坐三轮车，估计跟中国传统坐花轿一个道理。

Tokyo Sky Tree（天空之树），下面的商场据说每天人山人海，有320家店铺，餐厅全部要排队。

晚上去了Cotton Club(棉花俱乐部)，一边吃饭一边听日本歌手唱歌。场内没有人手机会响，不可以拍照或者抽烟，没人大声喧哗，我感觉到了日本人的自觉，同时感受到了日本人对于本土艺人的尊重——哪怕不是一线歌手。还去看了彩虹桥和明治神宫，在富士山和东京的大江户泡了温泉。

▶ 第二站：澳大利亚，二月。

天气非常赞，云层比较厚，都是大朵大朵飘在纯净的蓝色天空中，我们去的时候季节正好合适。到了悉尼歌剧院，在情人港游了船河，喝着香槟看了日落，海鲜十分鲜美可口。澳洲人是十分闲适的——海德公园，有很多草坪，很多人在上面休息或散步，感觉世界的节奏都慢了好几个节拍。

▶ 第三站：常州、杭州、绍兴，三月。

在常州时，我去了天宁禅寺和天宁宝塔，在十三层的天宁宝塔里逛了三个小时，很开眼界，每一层都宝相庄严。在宝塔的风铃声中游了观音苑，感觉心更静了。

在杭州，我去参观了灵隐寺，在那里吃了素面；还去了那附近的茶庄，坐在树下喝了甘醇的龙井，静静地坐着都是满满的幸福感。

游西湖时刚好下雨了，朦朦胧胧的别有一番风情。在那里品了桂花茶，租了一条小船在西湖中随意穿梭，船师傅唱了歌给我听，说我好运气赶上雨天，这是最适合游西湖的天气……

离开杭州的第二日就到了绍兴，在咸亨酒店买了茴香豆吃，还买了一些黄酒拎回酒店继续喝。

玩了射箭，逛了兰亭、樱花林、大禹陵、炉峰禅寺，虽然和横店的江南水乡的场景差不了太多，但是旅游的心情是完全不同的。

▶第四站：云南、柬埔寨，四月。

在玉龙雪山下留了影，逛了白沙古镇、大研古镇、束河古镇。吃了美味的相思菜和汽锅鸡，在有云南特色的小店里聊天、喝茶、嗑瓜子、晒太阳。

参观了瓦岗寨——一个木制工艺的展示馆，在寨主的椅子上坐了一会儿，还在有 2000 多年历史的金丝楠木上躺了一下——据说会发大财。

油菜花田金灿灿的，香气荡漾开好远好远，还没看到花田就嗅到了花香。还去了大棚里采摘草莓，草莓入口即化。

三个小时的车程后，我去了香格里拉那边的虎跳峡，车子开到最里面的景点，走楼梯下去观光，太阳晒得人有点头晕。

云南到处是种植着花花草草的客栈，客栈的老板都非常热情，我要离开时还送了我礼物。

在柬埔寨，先去看了大吴哥窟，很热很晒，汗流浃背的，不过正好可以排毒。

去了大吴哥窟的巴戎寺、巴芳寺、斗象台、皇家宫殿。这些地方真的是只有亲身到达、亲身感受才能体会。和万里长城、埃及金字塔齐名的古迹，被称为东方四大古迹之一的地方，不可能令人失望。

参观了小吴哥窟——下午三点后才能观光，据说以前是神居住的地方。在这里旅行必须多带夏天的衣物，因为一直流汗，基本一天两套便服。为方便爬上爬下和尊重佛教国家，千万不要穿短裙、高跟鞋和太暴露的衣服。

在巴肯山看了日落，晚上回到酒店发生了一件很惊险的事情：我们住的别墅因电闸问题跳电、起火。还好及时给我们调换了别墅，但是第二天我们还要去看日出。

六点半太阳终于从云层中露出来了，水中吴哥窟的倒影尤为美丽。我们去女王宫看了特别精美的雕刻，在路上看到了很多要糖果吃的小孩子，给了糖果并和他们合照，他们会说"谢谢，我爱中国，我爱北京，我爱上海，我爱天安门，123456789"，发音还十分标准。

游览了倒塌的古迹崩密列，我一直听成"崩不裂"。这里天气虽然很热，但天天汗流浃背的感觉其实挺不错的。景区内有很多小猴子，给它们一些"进口"饼干和糖果，它们一下就把包装咬开了，先闻闻再吃，很有意思；纯真无邪的笑容那么清甜。

▶第五站：苏州、青岛，五月。

在苏州时去看了拙政园、穹隆山、李公堤，在虎丘的茶室喝了杯虎丘云岩茶，坐了马车，打了井水，还去了北寺塔和狮子林。

去到青岛，参观了青岛啤酒博物馆，看到了我国的水准零点。对于爱吃海鲜的我来说，青岛的美食绝对不容错过。

▶ **第六站：台湾、湖北，六月。**

在台湾参观 StarTrek 星际争霸战体验展后，去了周杰伦开的 DeJaVu 魔法餐厅吃午餐，然后又去了总统府，在中正纪念堂观看了士兵换岗交接仪式。

参观了日式风格的北投文物馆，然后是硫黄谷，再一路上阳明山，还参观了士林官邸，官邸前一大片花园非常漂亮。然后在台北故宫参观了一下午，还在至善园赏了鱼。

去了野柳地质公园看女王头和俏皮公主。在黄金瀑布和黄金博物园区体验了一把矿工的生活，矿工便当和黄金豆花都特别好吃，还摸了一下世界最大的黄金块儿。

在武汉时，吃到了大白刁、豆皮、热干面。去看了长春观、都督府和黄鹤楼，还有大禹治水的石林和晴川阁。

开心地在武汉长江大桥前留了影，在归元寺的放生池喂了小乌龟和小鱼儿。

登了木兰山，登山到一半下雨了，雨中爬山别有意境。这里是佛教圣地，整座山好多阁、殿、宫、庙。

看到了黄金蛇，大大的，还是蛮怕的。也看了天然形成的钟乳洞——玉泉洞。

在一个依山而建的著名百年日本料理老店吃了一餐晚饭，环境特别好，就像是在山间吃饭。

参观完琉球村之后，去吃了冲绳特色海葡萄饭，十分美味。在鹿儿岛吃到了正宗的鹿儿岛豚肉拉面，还冒热去了仙岩园和旁边的神社。

在唐船峡吃了流水凉面，大开眼界。面吃不完还可以喂鱼，一点也不浪费。我果然是个吃货，每个景点的美食都贪婪地不想放过。

去到了日本最南端的长崎鼻，入住了指宿的温泉酒店，试了一下世界唯一的"蒸砂浴温泉"——三百多年前流传下来的。十五分钟就汗流浃背了，砂浴完再泡温泉，十分舒服。

出海去九十九岛观光，并在长崎的酒店看到了号称价值千万美金的长崎夜景。

在巴厘岛看了圣泉庙，一群人在里面洗头洗身。回到酒店发现竟然有猴子进到屋子里，把水果和甜品吃得一干二净。在动物园和白老虎拍了照片，然后去 Cultural Park 玩了 Segway，还挺容易操作的。

▶第八站：日本北海道、韩国首尔，十月。

光顾了北海道最近两年最有人气的拉面馆"一幻"，以虾作为汤底，吃的时候门口一直有人在排队。

参观了白色恋人巧克力工房，看了如画的小樽运河，在小镇上逛得不亦乐乎。傍晚坐缆车去天狗山看日落，摸了一下天狗鼻子祈福。

在韩国时天气也非常好，去了皇室宗庙、梨花女子大学，还有韩国最大的汗蒸馆，吃吃喝喝、蒸蒸按按摩、看看电视可以混一整天。去了仁寺洞，还去 63 大厦看了夜景。

▶第九站：不丹，十一月。

那天早上六点半的飞机从曼谷出发去不丹的帕罗。不丹航空这一航班有机组人员五人，飞机不大，游客不多，机师是外国人。降落前看到了远处的喜马拉雅山脉，飞机在山谷中缓缓降落，本来以为要经停一个地方，没想到竟然直飞了。三个小时的飞行，我们到达了那个神秘的国度——不丹。

不丹是个几乎全面禁烟的国家，抽烟或雪茄的朋友，可以不用考虑去那里旅行了。

在帕罗参观了国家博物馆和区政府之后，用了午饭，出乎意料，味道还真不错，之后开车一个小时到达首都延布。延布的国家纪念塔，很多人围绕着它一起走，导游说这样是为了消除孽障。政府办公的地方在下班后，游客可以进去参观。

在不丹到处可见转经筒。第一天去山上的闭关中心也是佛学院参观，走了两个小时才到达目的地——海拔三千多米，只有慢慢走。参观完佛学院之后，在外面一阵狂拍。下山时遇到背着食物上山的修行弟子，合了影。

到了山下最意外和惊喜的是，旅行社的老板带了老婆和孩子在等我们吃饭。他们带来了桌子、椅子、食物和饮料，菜是老板娘亲自煮的，还带了当地的服饰让我们穿上拍照，并送了礼物给我们。

不丹的国兽是Takin，中文是羚羊，羊角牛身的一种大型牛科动物。

第二天一早就离开了延布，前往普那卡。沿途风景如画，绵绵山路旁都是松树和杉树林，因着天气晴朗还看到了喜马拉雅山壮丽的全景。

抵达目的地后参观了第四代王后四姐妹的娘家，之后和九十八岁的白发老爷爷一起在草地上喝茶。那里的狗狗都喜欢吃饼干，我们在菩提树下打坐六分钟吸灵气，一群小喇嘛在草地上踢足球。晚上在酒店我还下厨做了番茄炒蛋，妈妈说非常好吃，还让旁边桌的老外品了几口，他们赞不绝口。

早上我们坐车离开普那卡，一路翻山越岭，路虽然非常颠簸，但沿途的风光都非常美。

到有六百年历史的岗提寺已经下午一点半，受到住持的接待。我们还遇上了第四位国王的生日和一年一度的黑颈鹤节日。

选择骑马上虎穴寺绝对是明智之选，因为山路不太好走，马走得也很辛苦。骑了两个小时的马，再徒步一个小时，才可以到达在悬崖上的虎穴寺。海拔三千多米，所以走不快，下山都走了两个小时。前后加吃饭一共要六个小时，腰酸背痛的，不过也是一种很不错的体验，我们还在山上的小瀑布见到了彩虹。

从前，不丹有一个很可爱的国王，他发明了一种叫作"国民幸福总值"的东西。在别的国家都在拼命发展经济，不惜一切代价追逐GDP的时候，他更重视国民的快乐程度。不丹是世界上唯一用GNH（国民幸福总值）代替GDP和GNP来衡量发展成效的国家。

现在，每个不丹人，都有自己的土地和房子，每个人都可以享受十一年的免费教育，看病不要钱。

国王非常重视保护环境，规定每个人每年至少要种十棵树，森林覆盖率不得低于60%（实际上更是超过了70%），开发资源不可以引起任何环境恶化或威胁到野生动物，所以不丹的生态环境保护得非常好，国王因此荣获了国际环保奖章；为了不让太多游客破坏那里的宁静，每年只有很少的人可以得到签证；不丹还是全球第一个全国禁烟的国家，不可以使用塑料袋。

不丹人对他们引以为傲的传统文化工艺也加以保护与传扬。所有人在公共场合都会穿着他们特有的民族服装——基拉和帼，传统纺织艺术根本就没有机会失传；所有的建筑也都遵循传统的设计风格，不会冒出哪怕一幢怪模怪样的水泥建筑来破坏周围环境的协调；他们传统的宗教节日依然是人们最盛大的狂欢节。

2005 年，不丹进行了史上最深入的一次国民幸福指数调查。调查结果是 51.6% 的不丹人感到"非常幸福"，45.2% 感到"幸福"，只有 3.2% 的人感到"非常不幸"。

2006 年，不丹在"全球快乐国度排行榜"中名列第八，亚洲第一。同年，不丹还参加了英国新经济基金组织发起的"幸福星球指数"排名。这个排名遵照"在平等、多样性和经济稳定的基础上创造财富新模式"的原则，评估一个国家的环境效益对人民福祉的促进。在 178 个参与国家中，不丹居于第 13 位。

"回归公平，寻求一种平衡的幸福。"有人曾这样解析不丹幸福的本质，就是说在人与自然万物、GDP 与生态平衡、社会贫富差异间，不丹人都追求着一种微妙的平衡。这实在是非常人可有的通达与智慧，但对不丹人来说，他们只是在遵照自己的信仰来生活而已。不丹人的幸福是那样一种打动人心的点拨。

我在不丹结束了自己的间隔年，心里满满地窝回家中。我想我已经找寻到了自己想要的幸福的要义。幸福，就在每个人的心中。

/ 美好终会如期而遇 /

斐济，迎接天地间第一缕曙光。

斐济，介于赤道与南回归线之间，是世界上最东也是最西的国家，也是地球上最早看到日出的国家。据说被新年的第一缕阳光照到的人，一年都会顺顺利利，好运当头。

海风吹拂着高耸入云的椰林，岛上热带树木浓绿成荫，洁白的沙滩以及海里那些奇形怪状的珊瑚礁、色彩斑斓的鱼儿将海水搅得五彩缤纷，到处充满热带海洋的原始美感。

黎明时分，一切回归平静，海浪一波一波拍打着岸边，海风拂面。我们在沙滩上静静地坐着，天地间似乎所有的一切都在等着这第一缕的曙光。

略微清凉的风扫过，海天一线处的青蓝透着温暖的橙紫探出了头，大朵大多的云雾开始列队欢迎，蓝色渐渐被染透，温暖逐渐袭满全身。

有蓝色忧郁亦有橙色温暖，再清冷都会被和煦取代。

忙碌的时候就出来走走。

怀着一颗真诚的心，幸福才是最窝心的满足。

万事终有尽，但记忆长存。

斐济之旅在此结束了，新的旅程仍在前方。

2014 年，全新的一年，尽管生活忙碌，我仍然在年中给自己放了小长假，相信快乐才是努力工作的源泉。

斐济，是一个回归自然，让人可以体验生活最初始状态的地方。

简单、慢节奏，这里，轻易让人放下一切，简单地逃离。这里，似乎除了快乐，其他的一切都不重要。

生活中总是有各种各样的突发事件扰乱我们的心绪，但也总是有一些不经意的感动与情感牵系以及内心的成长使我们不得不爱这令人讨厌的生活——即使有很多的不开心，但是始终有微笑，这样就足够了。

我们选择生活，这是一种勇气。

我们选择好好地生活，这是一种明智。

我们选择好好并感恩地生活，这，应该是一种本能。

周围的一切——生活环境，朋友，父母亲人，任何时候，总有人总有物陪伴我们。在这里，我也想对身边以及远方的朋友，关心我、爱我的人说：

我很好，很幸福。

谢谢你们。

我爱你们。

我会更好的。

与君共勉。